「まだ終わりじゃないぞ。もっと乱れて俺の
欲を搾り取ってみせろ」
余韻に小さく震える蜜洞を、ヴィクトルの
剛直が激しく穿つ。
「いや……っ、もう、もう無理です……！
あぁあっ、駄目っ」

いじわる皇帝陛下の
可愛がり花嫁教育

桃城猫緒

Vanilla文庫

いじわる皇帝陛下の可愛がり花嫁教育

contents

イラスト／天路ゆうつづ

序章　王女の誓い

「お前は王族失格だ。帰れ。二度と俺の前にその無礼な顔を見せるな」

低く、高圧的な声が豪奢《ごうしゃ》な舞踏会場のホールに響いた。

そばで控えていた侍従や給仕係らは顔を青ざめさせ、ゴクリと唾を飲み込む。

男――皇帝ヴィクトル――は鋭い目で正面に立つ少女を見据えると、彼女が踵《きびす》を返してホールから出ていこうとするまでその視線を外さなかった。

「……っ！」

少女は奥歯を嚙《か》みしめ、手の震えを隠すように握り込んだ。

屈辱だ。小国とはいえ王女に生まれて十六年間、チェーリアはこんな辱めは受けたことがない。

（な、何よ！　確かにお見合いの席で気もそぞろになっていたのは悪かったわ。けど、私は病気のお母様が心配だったのよ！　それなのに人前でこんな恥をかかせるなんて……！

大帝国の皇帝のくせに、この人最低だわ！）

　恥ずかしさと怒りで顔が熱くなっていく。感情の赴くままテーブルにあるグラスのワインをぶっかけてやりたい衝動に襲われるが、それをしたらますます『王族失格』になってしまう。彼の誹《そし》り言を証明するような真似は絶対にしたくない。

　チェーリアは深呼吸を一回すると、前を向いたまま一歩だけ後ろに下がった。

　正面に立っているヴィクトルは微動だにしない。凜々《りり》しくも厳しさを感じさせる面立ちは、ただ冷たくチェーリアのことを見つめている。

「皇帝陛下に対する数々のご無礼をお許しください」

　一礼したチェーリアを見て、誰もが彼女がここから立ち去るのだと思った。

　しかし下げた頭を戻したチェーリアはまだあどけなさの残る大きな目で、キッとヴィクトルを見据えた。

「……ですが。王族失格というお言葉は取り消していただきたく存じます。私はメルデーニャ王国の王女。私の品格を貶《おとし》めるということはメルデーニャ王国を貶めるも同じ。我が国を貶めることはたとえ大帝国の皇帝陛下とて許しません」

　少女の果実のように愛らしい唇からきっぱり紡がれた反論に、部屋にいる侍従や給仕係は再び唾を飲み込んだ。

「チェ、チェーリア様……っ」

そばに控えていたメルデーニャ王国の女官長が焦った様子でチェーリアを諫《いさ》めようとする。けれどそんな彼女のことなど気にもせずに、チェーリアの青い瞳はヴィクトルを見据え続けた。

ヴィクトルは驚いたようにわずかに眉を上げたが、チェーリアの視線を真っ向から受けて立つと口の端を歪《ゆが》めて笑った。

「お前の品格が王族として相応《ふさわ》しくないことは確かだ。取り消して欲しいのなら、王族らしく振る舞えばいい」

チェーリアは再び奥歯を噛みしめる。彼は非を認め謝るどころか、表情や言葉の端々からは『どうせできっこないだろうがな』という嘲りが滲《にじ》み出ている。

今度こそワインをぶっかけてやりたいが、チェーリアはゆっくりとまばたきをすると感情をこらえて口を開いた。

「では、私に時間をください。そうすれば陛下のお望みどおりに振る舞ってみせることでしょう」

「……ほう？」

チェーリアの提案に、ヴィクトルはさらに口角を持ち上げる。

「――一年。一年お待ちくだされば、今あなたの目の前にいる無礼で生意気な小娘は大陸一の淑女になってご覧にいれます」

これはチェーリアの宣戦布告だった。

人前で恥をかかされ王女としての鼻っ柱を折られたチェーリアが、矜持《きょうじ》をかけて戦う意志の表明だ。この傲慢で憎らしい皇帝陛下に、絶対に吠《ほ》え面をかかせてやる。

ヴィクトルは「ククッ」とくぐもった笑い声を漏らすと、伏し目がちに鋭い視線を向けた。

「くだらん。お前の成長を見るために、俺にもう一度時間を割けと？　つくづく無礼な子供だ」

「あら。先ほど『取り消して欲しいのなら、王族らしく振る舞えばいい』と条件を付けてきたのは陛下ではありませんか。ご自分で条件を提示なさったくせに、私がそれを満たそうとすると目を背けられるのですか？　見届ける覚悟もないのに条件を突きつけるなんて、大帝国の皇帝陛下ともあろうお方が、無責任が過ぎるのでは？」

度を越したチェーリアの言葉にホールは場が凍《つ》ったように空気が張り詰め、ヴィクトルの背後に控えていた側近らが眉を吊り上げる。

「小国風情《ふぜい》が……！」

側近の将校がそう呟《つぶや》いて圧をかけるように一歩前に出ようとしたが、ヴィクトルが片手を上げてそれを抑えた。

「そこまで言うのならお手並みを拝見させていただこう」

チェーリアの提案を呑《の》んだヴィクトルに、側近らが「陛下！」と戸惑いにざわつく。

「そんな馬鹿げた話に乗る必要はございませんわ！　もうこの縁談はなかったことでよろしいじゃないですか！」

「そうですとも！　陛下の貴重なお時間をメルデーニャ王国如きに費やすなんて大きな損失です！」

必死にヴィクトルを諫めるのは、皇族の若い女性と宰相だ。けれど彼は周りの声など気にもしない様子で、顎を上げてチェーリアに告げる。

「言っておくが、俺を納得させるのは簡単じゃないぞ」

「……承知の上でございます」

ずっとぶつけ合っていたチェーリアとヴィクトルの視線がようやく外れた。

チェーリアは一礼すると踵を返し、ざわつく舞踏会場から堂々と退室しようとする。

その背に、宣戦布告に対するヴィクトルの返事が浴びせられた。

「一年だ。一年後にまたここへ来い。お前とメルデーニャ王国の誇りをかけた意地とやらを、見届けてやろうではないか」

すました表情のまま扉に向かいながら、チェーリアは震えそうになる手をぎゅっと握り込む。

（負けないわ、絶対に……！　性悪皇帝め、見てらっしゃい！）

――帝国歴一八五一年、七月某日。避暑地ゼラゴの城で行われた大国ゲナウ帝国ヴィクトル皇帝と辺境の小国メルデーニャ王国チェーリア王女のお見合いは、こうして諸々の事情により一年延期となったのだった。

第一章　傲慢と負けず嫌い

メルデーニャ王国は約五十年前に独立したばかりの小さな王国だ。

有史以来ずっと他国の支配下にあったメルデーニャは、国民の強い愛国心から百三十年前より独立運動が盛んになり、五十年前にようやく王国として樹立した歴史がある。

独立運動時代は国内外の争いが絶えなかったが、現在は酪農産業を中心に平和で安定した国へと育っている。

チェーリアの父である二代目国王ライモンド・アレッシは穏健な人物で、家族からも民からもよく慕われていた君主だった。

そんなライモンド王が病で急逝したのは、チェーリアが十五歳の春だった。

優しい王を失い国民も悲嘆に暮れたが、それ以上にライモンドの妻ロザンナは嘆き悲しんだ。年若くして嫁入りしてきたロザンナにとって夫ライモンドは世界のすべてであり、彼を失ったことで自分の生きる意味さえわからなくなってしまったのだ。

「ライモンドを失ったということは、光を失ったことと同じです。真っ暗な世界では私は生きていけない」

そう嘆いてロザンナは自室に閉じこもり、食事も喉を通らず、ついには床に伏せるようになってしまった。

長女であるチェーリアはそんな母を毎日必死に励まし続けた。ベッドの傍らで声をかけ続け、食事の世話をし、時には強引に外へ連れ出し庭を散歩させる。その姿は献身的で王宮の者らは皆、母思いの娘の愛に心打たれるほどだった。

チェーリアのおかげでロザンナは少しずつ元気を取り戻し、泣き濡《ぬ》れて一日を過ごすことはなくなっていった。しかし弱ってしまった体はなかなか回復せず、一年が経っても公務や社交界には復帰できないでいた。

チェーリアは母が心配でたまらず、侍女や下女らに代わってロザンナの身の回りの世話を続けている。一日の大半を母の寝室で過ごしている状態だ。

(お父様を失ってしまって、お母様には私しかいない。私がお母様を支えなくっちゃ)

そんな使命感を抱え、チェーリアは健気《けなげ》なまでに母に寄り添い続けた。

しかし、ライモンドの葬儀から一年が経った春。チェーリアは三代目王となった兄レオポルドに呼び出され、命じられた。

「お前に縁談話がある。相手はヴィクトル・フォン・グルムバッハ。ゲナウ帝国皇帝だ。これ以上の良縁はない。断ることはあり得ないが、向こうは一応お前の意向も汲《く》むと言ってくださっている。三ヶ月後に見合いだ、行って承諾してこい」

レオポルドの命令を聞いて、チェーリアは目が点になった。この兄は何を言っているのだろうか。

母が大変なときだというのに、よその国へ嫁ぐなどあり得ない。心身共に弱っている母を見捨てる冷酷な娘になれというのか。

チェーリアは激しく反論した。王族なのだからいつかは他国に嫁入りすることはわかっていた。だがそれは絶対今ではない。

しかしどんなに訴えようともレオポルドの命令は変わらなかった。譲歩の余地すら与えられない。

「信じられないわ。お兄様は国王になって変わられてしまった、昔はお優しかったのに。お母様のお見舞いにもほとんど来ない上、私をお母様から引き離そうだなんて。あまりにも残酷すぎるわ」

六歳年上のレオポルドとチェーリアの仲は悪いものではなかった。しっかり者で気が強い者同士なので時々ぶつかることはあれど、どちらも心根は優しく国と家族を心から愛していたからだ。

しかし兄は戴冠してから変わってしまったと、チェーリアは思う。

病気の母を顧みることもできないほどにレオポルドは日々外遊に赴き、王位に就いて半年後には増税をして軍事の予算を倍増させてしまった。もともとメルデーニャ王国は税金が安かったのもあって少しくらい税を増やしても国民が苦しむようなことはなかったが、国内の不満は確実に募ったといえよう。

乳製品の生産と輸出についても細かく厳しい監査を設けたことで、穏健だった先代王に比べてレオポルド王は冷厳だと国民たちは口を揃《そろ》えた。

母の看病で忙しかったのでチェーリアは内政のことはよくわからないが、あまり評判がよくないことは雰囲気でわかる。

昔はあんなに国と家族を大切に思っていたのに、今はまるで暴君だとチェーリアは思う。彼が何を考えて行動しているのかは不明だが、国民も家族も笑顔が減ったことは確かだ。

それでも王という重責を抱えた兄を責める気にはなれなかったが、さすがに今回ばかりは抗わざるを得なかった。

「お母様、大丈夫よ。事情を話せばきっとゲナウの皇帝陛下もわかってくださるわ。結婚なんてやめて母のそばにいてやれと仰ってくださるはずよ。私、お見合いの席でこの縁談がなかったことになるようお願いしてみるから」

娘と引き離されることを悲しむロザンナに、チェーリアはそう言って励ました。大帝国の皇帝とて人の子だ、弱っている母を慮る気持ちをきっとわかってくれるはず。

ロザンナも「ああ、私の娘。どうか私を置いていかないでちょうだいね」とチェーリアの手を取り祈るように言った。

母娘は今まで以上に一緒の時を過ごし、そして三ヶ月後の夏。ゲナウ帝国の別荘で両家のお見合いが行われることとなった。


ゲナウ帝国とメルデーニャ王国の国境近くにあるゼラゴの街は、湖畔を携えた山のふもとの避暑地だ。壮観な風景と涼しく爽やかな気候のせいで王侯貴族の別荘が多く、ゲナウ帝国のグルムバッハ皇室もここに別荘の城を有している。

チェーリアはメルデーニャ王国の王都から馬車で十日かけて、お見合い場所であるゼラゴの街までやって来た。

「ああ、心配だわ。ひと月近くも王宮を留守にするなんて。お母様は大丈夫かしら。あまり体調がよくなかったみたいだし……」

道中の馬車で、チェーリアはずっと母のことを気にかけていた。お見合いでチェーリアがしばらく王宮を離れることが不安だったのか、最近のロザンナは食欲が失せ顔色が悪かった。出発前に少し咳《せき》が出ていたことも気になる。

気がかりでずっとソワソワしているチェーリアに、随行していた女官長のキリコ夫人は「落ち着いてください。もうすぐ大切なお見合いなのですから、今はチェーリア様ご自身のことを考えましょう」と宥《なだ》めてくれた。彼女の言葉は優しいが、それどころではないのにとチェーリアは内心思う。

お見合いのことを考えるとしたら、ヴィクトル皇帝が話の通じないわからずやではないことを祈るだけだ。

不安と焦燥に駆られたチェーリアを乗せて、やがて馬車は無事にゼラゴの街へと到着した。


お見合いの行われるグラムバッハ家の別荘は湖畔が一望できる丘に建っており、童話に出てくる城のようなロマネスク風の外観で、その風貌は景色と相まって非常にロマンチックだった。

石の煉瓦《れんが》造りの外観は厳かでレトロだが、中は広く清潔感があり今風の装飾や家具が揃えられている。

「素敵なお城ですねえ。ゼラゴの街は初めて来ましたが、湖も綺麗《きれい》ですし自然も豊かで素晴らしい避暑地ですね」

到着してからキリコ夫人は感激しっぱなしだ。

確かに風景も城も美しく心地いい。チェーリアも気持ちはわかるが、はしゃぐ気にはなれないのは罪悪感もあった。今頃床に伏せっているだろう母のことを思うと、無邪気に観光を楽しむことが罪に思えてしまう。

城に到着してゲナウ帝国の従者たちに迎えられたチェーリアは、さっそくお見合いのための身支度を始めた。このあと夕方から始まる晩餐会《ばんさんかい》でヴィクトル皇帝と顔合わせをし、夜には舞踏会があるのだ。

蜂蜜の滝のように輝く黄金色の髪を編み込んで花を飾り、正装用のドレスを着る。花模様を捺染《なっせん》したドレスはピンク色でスカートはフリル重ねになっており、じつに愛らしい。花のヘッドドレスと明るい色のドレスで若々しく仕上げたことで、くっきりとした顔立ちのチェーリアを柔和に印象づけてくれている。

そういえば華やかな正装用のドレスを着るのは随分と久しぶりだとチェーリアは思った。

メルデーニャ王国では王族の喪は三ヶ月なので去年から宴や社交界も開かれていたが、チェーリアはここ一年ずっと母につきっきりだったので華やかな場所に出ていない。舞踏会どころか、お茶会やオペラにも行っていなかった。

鏡に映った正装姿の自分を見て、チェーリアはなんだか不安になってくる。

格好だけではない。ダンスも、社交界でのお喋《しゃべ》りも、自分は一年以上何もしてこなかった。久々でうまく振る舞えるか心配になってくる。

そのとき部屋の扉がノックされ、「まもなく晩餐会が始まります。正餐室へお越しください」とゲナウ帝国の侍従が呼びにきた。

（……大丈夫。どうせお断りする縁談だもの、特別よく思われる必要はないわ。最低限の礼儀さえ欠かなければ、きっとなんてことはないわ）

気を取り直したチェーリアは顔を上げると、「参りましょう」と女官らに命じて正餐室へと向かった。


正餐室はお見合いに相応しい華やかな雰囲気だった。

テーブルには季節の花が飾られ、楽団が音楽を奏でて和やかな空気を演出している。

部屋に入ると、ゲナウ側の出席者たちが並んでチェーリアを待っていた。メルデーニャ側は母が床に伏せっているのと兄が国を離れられないので、チェーリアの付き添いには叔父の公爵しかいないが、ゲナウ側は皇帝本人はじめ、母の皇太后や弟の大公、それに従妹らまで揃っている。

思っていたより向こうはこのお見合いを重要視していることが窺《うかが》えて、チェーリアの緊張が高まった。

「ようこそ遠いところをいらっしゃいました。どうぞゼラゴでの夏を楽しんでいってくださいね」

本質はお見合いではあるが、グルムバッハ家の別荘に招待したという体《てい》なので、女主人である皇太后がまず挨拶をする。それから皇太后とチェーリアの叔父ボニート公を介して、互いの紹介が始まった。

「家族を紹介いたします。ヴィクトル・フォン・グルムバッハ。ご存知かとは思いますが、我がゲナウ帝国の皇帝陛下です」

皇太后の言葉でヴィクトル皇帝が一歩前に出た。

チェーリアは冷静を装いながら内心驚嘆する。なんて背が高くて、怖そうで、冷たそうで、そして整った顔立ちなのでしょう、と。

お見合いだというのに、チェーリアはどうせお断りするのだからと相手のことを何も調べてこなかった。送られてきた肖像画も一瞥《いちべつ》しただけで、髪の色さえ覚えていない。

相手がどんな見目だろうと関係ないと思っていたが、あまりに予想外なヴィクトルの端整な容姿に心臓が早鐘を打った。

チェーリアより頭ひとつ分大きい身の丈、紺色の軍服に包まれた体はがっしりと男らしい骨格をしている。艶のある黒髪は前髪を上げ凛々しく後ろへ撫《な》でつけられ、それだけで大人の男性としての品格が感じられた。やや面長な顔は通った鼻筋と引き結ばれた唇のバランスがよく横顔が美しいが、何より印象的なのはその目だった。緑色の瞳を携えた切れ長の目は圧が強く、ジッと見つめられるだけでなんだか後ずさりしたくなってくる。

釘《くぎ》づけになるほどの美丈夫だけれど、どこか怖い。それがヴィクトルへの第一印象だった。

「チェーリア・アレッシ。メルデーニャ王国第一王女。今年で十六歳になりました」

今度は叔父のボニート公爵がヴィクトルにチェーリアを紹介した。チェーリアはスカートを摘まみ淑やかに頭を下げる。

「なんて若々しく可愛らしいのかしら。明るいドレスがよくお似合いだわ」

皇太后は目を細め褒めてくれたが、ヴィクトルは無言だ。緑色の瞳でただジッとチェーリアを見つめている。

（……あまり愛想のよい方ではないみたい。私の話をちゃんと聞いてくださるかしら）

少しだけ不安がよぎる。この縁談を受け入れる気はないのだ、できれば彼の性格は穏やかである方が好ましい。

「それではお食事にいたしましょう」という皇太后の言葉で、皆席に着いた。

楽団が和やかな音色を奏で始め、料理が運ばれてくる。魚入りのスープに始まり、肉入りパイや野鳥肉のグリル、野菜のソース和え、仔牛《こうし》のソテーなどがテーブルに並んだ。

料理はどれも見目が華やかで味もいい。ゼラゴの街の近くで採れる新鮮な野菜も多く、ゲナウ側の心配りが感じられた。

しかしチェーリアはそれどころではない。いつ縁談のお断りを打ち明けるべきかで頭がいっぱいで、ただ機械的に料理を口に運んだ。

「……口に合いますか？」

そう尋ねてきたのは、隣の席に座るヴィクトルだった。

「え？」

考え事に夢中だったチェーリアはハッとして彼の方を振り向く。

「先ほどから深刻な顔をされている。緊張するのはわかりますが、食事を楽しんでください」

「も、申し訳ございません」

歓談にも参加せず、料理人の説明にも無反応だったことに気づき、チェーリアはこめかみに汗を流した。しかもそれを、やんわりとではあるがヴィクトルに指摘されてしまった。よりによって初めての彼との会話が失態の指摘というのは、さすがにチェーリアも気まずさを覚える。

「まあまあ、よいではありませんか陛下。チェーリア様はまだお若いのです。このような場に慣れていない上、今日はお見合いということで硬くなられてるのですよ」

皇太后がとりなしてくれて刹那安堵《あんど》したが、ヴィクトルは「メルデーニャ王室では女性は十五歳で成人し社交界に出るそうですが」と淡々と返した。要は『若いとか慣れてないという言い訳は通用しない』と言いたいのだろう。

(陛下はもしかして厳しいお方なのかしら……)

ヴィクトルに対して、あまり好意的ではない感情が湧く。少しくらい上の空だったからといって、初対面のお見合い相手を咎《とが》めるような真似をしなくてもいいではないか。

「じつは……王宮で病に伏せっているお母様のことが心配で頭がいっぱいだったのです」

余計な咎めを受けるくらいなら正直に話してしまおうと、チェーリアは思いきって口を開いた。それに同情するように眉根を寄せて「まあ、お母様が?」と言ったのは皇太后だった。

「はい。去年お父様が亡くなってからお母様はずっと元気がなく、私だけが頼りなのです」

「それはお気の毒に」

しかしチェーリアの気持ちを慮ってくれたのは皇太后ばかりで、ヴィクトルは思いやるどころか、どこか冷ややかな顔をした。

「ロザンナ様が精気を失くし部屋に閉じこもられているという話は聞いています。しかし病に伏せっているのとは違うのでは？　そもそもあなたがそばを離れられないほど重篤な病であったなら私はお見合いの席を設けたりはしませんし、レオポルド陛下もあなたを送り出したりはしないでしょう」

呆《あき》れたような口調で言われ、チェーリアはポカンとしたあと顔を真っ赤にした。俯《うつむ》いて唇を噛みしめる。

（なっ……なんて意地悪な人なの⁉　信じられない！　まるで揚げ足取りだわ、お母様が心配なことは本当なのに！）

「で、でも、私が出発するときに咳込んでいて……」

下を向いたままモゴモゴとした言い訳を、ヴィクトルは眉ひとつ動かさず「貴国には風邪を診る医者もいないと？」と一刀両断した。

場は一気に険悪な雰囲気に静まり返り、部屋にいる者たちはどうしたらいいものかと視線を交わし合った。

「へ、陛下！　お言葉が過ぎますよ。病ではなくともロザンナ様は体調がよくないのです。そんな母親のことを心配するのは娘として当然のことでしょう？」

助け舟を出してくれたのはまたしても皇太后だった。それに乗じてボニート公爵も「そうなのです！　チェーリアは心優しい娘なので母を人一倍気にかけているのです！」とフォローを入れた。

ヴィクトルは何か言いたそうだったが、これ以上場の雰囲気を壊すつもりもないのだろう。「ふん」と小さく鼻を鳴らして、その話題を終わらせた。


「私、絶対にあんな冷たい方と結婚しないわ！」

食事が終わり舞踏会まで客室で過ごすことになったチェーリアは、顔を熟れたりんごのように赤くしながら舞踏用のドレスに着替えていた。

あれから晩餐会はじつにぎこちない空気のまま終わった。チェーリアはとても食事が喉を通らなくなったが、手を止めるとまたヴィクトルに嫌味を言われそうなので無理やり口に運んだ。おかげで味はちっともわからないし、胃も消化不良気味だ。

もう二度と彼とは顔を合わせたくないけれど、このあとは舞踏会がある。チェーリアのために開かれるのだ、出席しないわけにはいかない。

「陛下は家族を思う心がこれっぽっちもわからないのよ。あんな方の妻になったら絶対に幸せになれないわ。そう思うでしょ、キリコ夫人？」

チェーリアの舞踏会の支度を手伝いながら、キリコ夫人はさっきからずっと眉尻が下がりっぱなしになっている。

「落ち着いてください、チェーリア様。厳しいことを言われてショックなのはわかりますが、いつまでもそのように怒っていては舞踏会に差し障りが出ますよ」

自分の意見を肯定してもらえないことに、チェーリアは唇を尖《とが》らせて拗《す》ねた。

「何よ、私が間違っているっていうの？」

確かに怒ってばかりいる顔は可愛くないと、チェーリアは鏡に映る自分を見て思った。ピンク色の薔薇《ばら》を飾った髪と愛らしいドレスに似合っていない。それがますます癪《しゃく》な気がして、なんだか悲しくなってきた。

「ゲナウ帝国は長い歴史を持ち多くの属国を統べる、大陸の重鎮国家です。ヴィクトル陛下は八年前、二十歳のときからそんな大国の重責を担ってこられたのです。簡単なことではございません、公の場では己を律し自他共に厳しくなられるのも当然でしょう。ましてやチェーリア様は皇后候補なのですから」

キリコ夫人の言うことは一理あるとも思うが、それでも彼が正しいと認めることは母への思いを否定するみたいで、素直に頷《うなず》けなかった。

「……皇后候補だなんて。私は結婚しないってば」

「そんなことを仰らないでください。ゲナウ帝国との縁談はチェーリア様にとっても国にとっても最良のお話なのですから」

国はともかく、自分にとってはどこが最良なのだかわからない。キリコ夫人の言葉に納得できないまま唇を尖らせ続けているうちに、舞踏会の開始時間は近づいてきた。


舞踏会は城にある大ホールで行われた。大ホールは精緻な彫刻があしらわれた大理石の壁と金色の装飾柱に囲まれ、高い天井にクリスタルのシャンデリアが眩《まばゆ》く煌《きら》めいている。

着飾った人々で賑《にぎ》わう中、今日の主役のひとりであるヴィクトルは誰よりも背が高く、逞《たくま》しくもスラリとしなやかなスタイルが際立っていた。

(見た目は悪くないのだけれどね)

遠目に彼の姿を見つけたチェーリアは心で呟いて小さくため息をつく。人目を惹《ひ》くほどの麗しい外見より、十倍は中身が問題なのだ。これから彼と会話をして踊らなくてはならないと思うと、心がずっしりと重くなった。

ヴィクトルの前まで行くと、そばにいた皇太后はチェーリアの舞踏ドレス姿を褒めてくれたが、彼はやはり何も言わなかった。

（レディに対して社交辞令も言えないだなんて、陛下の方がマナー違反じゃないかしら）

一礼をしながら思わず上目遣いに睨《にら》んでしまうと、隣に立つ叔父のボニート公爵に肘で腕をつつかれた。

会場に流れていた曲が終わり次の曲が始まると、ヴィクトルは片手を差し出し凛々しくも滑らかにお辞儀をした。

「お相手を」

その申し出に、チェーリアは内心渋々ながらも「はい」と手を取る。

（いいわ、この舞踏会が終わったら皇太后殿下にお断りのお話をしましょう。それまでの辛抱よ）

そう腹を括ってチェーリアはヴィクトルとのダンスに臨もうとした。

ふたりがホールの中央へ向かうと、他の客人たちが場を空けてくれた。主役ふたりが仲睦まじく踊る、いよいよお見合いのメインともいえる時間だ。期待に周囲の人たちも目を輝かせた。……ところが。

「あ、あらっ」

曲が三小節も進まないうちに、チェーリアは顔色を変えた。

うまくステップが踏めない。リズムに足がついていかないのだ。

(嘘《うそ》でしょう? たった一年レッスンをしなかっただけで、こんなに踊れなくなってしまうものなの?)

確か最後にダンスを踊ったのは父が病床に就く前だ。父が亡くなってからは母の世話に明け暮れ、舞踏会に出るどころかダンスのレッスンもしていなかった。一年……いや、一年半以上のブランクがある。

思うように動かない足に、チェーリアの顔がみるみる強張る。ワルツのときは相手の顔を見るのがマナーなのに、チェーリアは無意識に足もとばかりを見ていた。

それは共に踊っているヴィクトルにはもちろん、傍目から見てもじつにおぼつかない動きだった。

「ご、ごめんなさい……きゃっ」

チェーリアは何度もヴィクトルの足を踏んだあげく、ついに躓《つまづ》いて彼の胸に凭《もた》れかかってしまった。

もしこれがヴィクトルでなかったなら、男性の逞しい胸に飛び込んだことで甘く心臓が高鳴っただろう。しかし今チェーリアの心臓を高鳴らせているのは、緊張と恐怖だ。恐ろしくて彼の顔も周囲の反応も見ることができない。

酷い失態に顔を上げられないでいると、そっと両肩を掴《つか》まれて体を離された。

恐る恐る上げた視界には、眉間に深い皺《しわ》を刻んだヴィクトルの顔が映る。

「メルデーニャ王国では舞踏会の習慣がないのか？」

冷たさと呆れを含んだ声に、チェーリアは震えそうになりながら「いいえ……」と小さく首を横に振った。

「申し訳ございません。ダンスはその……久しぶりで」

「ご母堂のことがあって舞踏会に出られなかったとしても、日々練習を欠かさなければこんな腕前にはならないはずだ」

「それは……そうですけれど」

チェーリアは胸の前でギュッと手を握り、惨めな気持ちをこらえる。ワルツの音楽が流れる中、ホールのど真ん中で説教をされているこの状態はまるで晒《さら》しものだ。周囲の人々は踊るのをやめ、ふたりの成り行きを固唾を呑んで見つめている。

「今日がどのような日かわかっているのか。お前はメルデーニャ王国の代表として婚姻という外交を背負ってここにいるのだぞ。我々はお前を迎えるにあたって国の威信をかけて歓迎の準備をしてきた。それに対してお前の態度はなんだ。無礼にも程がある」

痛烈なお説教はすべて正論だ。

チェーリアは今日のために何もしてこなかった。この一年、ダンスのレッスンどころか座学も中止し、社交界にも出なかった。品格と知性と教養を学ぶことは、どれも王族の義務だというのに。

お見合いが決まってからも、どうせお断りするのだからとヴィクトルやゲナウ帝国について何も知ろうとはしなかった。知ろうとしないということは、敬意も持たないということだ。

そういった愚かすぎる怠慢を、ヴィクトルは見抜いている。だからこそこんなに憤慨しているのだ。もはや彼にとってチェーリアは尊重すべき皇后候補ではない、軽蔑の対象でさえある。

「陛下、気を静められてください……！」

皇太后や側近たちが慌てて駆け寄ってきたが、ヴィクトルはチェーリアから厳しい視線を外さない。もはや会場の音楽も止まり、場は繕いようもなかった。

「お前は王族失格だ。帰れ。二度と俺の前にその無礼な顔を見せるな」

ヴィクトルの口から告げられたのは、最終通告だった。

チェーリアは頭の中が真っ白になる。このお見合いは断るつもりではいたけれど、こんな結末は予想外だ。

大勢の前で叱責され、縁談を白紙にされ、その上王族失格とまで罵られてしまった。呆然としたあと、チェーリアは恥と悔しさで全身が熱くなってきた。

（な、何よ！　人前でこんな恥をかかせるなんて……！　やっぱりヴィクトル陛下は最低だわ！）

きつく噛みしめた奥歯が痛い。握り込んだ手には汗がびっしょりだ。

ここまで頭に血が上るのは、心の底では自分が悪いとわかっているからだ。

ずっと母のことで頭がいっぱいで、王女としての責務を放棄してきていた。そのことに今の今まで気づかなかったことが、情けなくてたまらない。

そしてそれを、初対面のこの居丈高な男に指摘されたことがこの上なく悔しかった。

溢《あふ》れ出そうな諸々の感情をグッと呑み込み、チェーリアは息を吐き出す。

このままでは引き下がれない。

折れかかっている王女としての誇りが、チェーリアが元来持つ気の強さに火をつけた。

「皇帝陛下に対する数々のご無礼をお許しください。……ですが。王族失格というお言葉は取り消していただきたく存じます」

チェーリアの青い瞳には闘志が燃えていた。愚かだが純粋で使命に目覚めた眼差しで、キッと正面のヴィクトルを見つめる。

まさか反撃に出るとは思っていなかったのだろう、周囲は目をまん丸くしてざわついた。ヴィクトルでさえも、微かに眉を上げたような気がする。

しかし彼はすぐに冷ややかに口の端を持ち上げると、追い打ちをかけるように言った。

「取り消して欲しいのなら、王族らしく振る舞えばいい」

彼の嘲笑じみた挑発を、けれどチェーリアは機を得たとばかりに打ち返す。

「では、私に時間をください。そうすれば陛下のお望みどおりに振る舞ってみせることでしょう。――一年。一年お待ちくだされば、今あなたの目の前にいる無礼で生意気な小娘は大陸一の淑女になってご覧にいれます」

堂々と言い放ったチェーリアの宣戦布告に、場は一瞬静まり返った。

キリコ夫人とボニート公爵は呆気に取られたあと「チェ、チェーリア様」とオロオロする。

「くだらん。お前の成長を見るために、俺にもう一度時間を割けと？」

一笑に伏そうとしたヴィクトルだったが、チェーリアは食らいつく。絶対に彼を見返して『王族失格』と言ったことを取り消してもらうために。

「あら。先ほど『取り消して欲しいのなら、王族らしく振る舞えばいい』と条件を付けてきたのは陛下ではありませんか。ご自分で条件を提示なさったくせに、私がそれを満たそ

うとすると目を背けられるのですか？　見届ける覚悟もないのに条件を突きつけるなんて、大帝国の皇帝陛下ともあろうお方が、無責任が過ぎるのでは？」

王女とはいえ無礼を働いた少女の強気な発言に、ゲナウ帝国側の空気がピリついた。ヴィクトルの後方に控えていた将校が敵意を籠めた目でチェーリアを見る。しかし。

「……そこまで言うのならお手並みを拝見させていただこう」

ヴィクトルの発言に、その場にいた者たちは驚嘆の表情を浮かべた。

単なる気まぐれか、それとも何か考えがあるのか。どちらにしろチェーリアの意地が事態に風穴を開けたことには変わりない。

思わぬ展開に場がざわつく中、ゲナウ側の幾人かが「陛下！　そんな馬鹿げた話に乗る必要はございません！」とヴィクトルを止めようとする。しかしそれは、チェーリアのように事態を変えることは叶《かな》わなかった。

「言っておくが、俺を納得させるのは簡単じゃないぞ」

背の高い彼は、見下ろすような視線を投げつけてくる。相変わらず目つきは冷ややかだが、どこか面白がっているような気配を感じるのは気のせいだろうか。

「……承知の上でございます」

もうあとには引けない。チェーリアは淑やかに、けれども堂々と一礼をすると、踵を返してその場から去ろうとした。

「一年だ。一年後にまたここへ来い。お前とメルデーニャ王国の誇りをかけた意地とやらを、見届けてやろうではないか」

最後にヴィクトルが投げかけた言葉が、ホールに響き渡る。

着飾った客たち、煌びやかなシャンデリア、ふたりの未来を祝福するために用意された色と光に溢れた会場は、今や決闘場のような空気だ。

誰もがホールを出ていく少女の小さな背中に注目している。

（負けないわ、絶対に……！　性悪皇帝め、見てらっしゃい！）

王女としての矜持をかけた戦いに闘志を燃やすチェーリアの後ろ姿を、ヴィクトルだけが口角を上げて見ていた。


――一年後。

チェーリアは十七歳になっていた。

メルデーニャの王宮を優美に歩くその姿は、一年前とはまるで別人だ。どこか子供っぽさが抜けていなかった立ち振る舞いは気品に溢れ、頭からつま先まで所作のひとつひとつに気を使っているのがわかる。

表情も引きしまり凛と美しく、たった一年で随分と大人になった印象を周囲に与えた。

驚くほどの成長ぶりは、チェーリアの努力の賜物だ。あの波乱のお見合いから一年、まさに血の滲むような努力の日々を送ってきたのである。

お見合い後、メルデーニャ王国へ帰るなり、チェーリアはキリコ夫人や侍従や秘書官と相談して徹底的なトレーニングのスケジュールを組んだ。ダンスはもちろん、座学、楽器などの教養、それにマナーまで、すべてを基礎からやり直すことにした。

ただでさえ一年以上のブランクがあるのに、基礎から学び直すのは容易なことではない。けれどチェーリアは睡眠時間を削ってでもスケジュールを貫きとおした。

もちろん、母の世話もないがしろにはしない。読書や学習は母のベッドに付き添いながらでもできるし、時にはダンスや楽器の練習を母の部屋で行い見てもらったりもした。

そしてどうしても手が離せないときには、侍女や女官らに母の世話を頼むことを選択した。これはチェーリアにとって大きな決断だった。

今までは食事の世話から着替えまで、すべてチェーリアが手ずからやっていたのだ。しかし本来それは王女の役目ではない。侍女たちはチェーリアが母の世話を他の者に頼むことを、大変によしとした。

お見合いから帰ってからのチェーリアの変わりように、ロザンナは初めは戸惑っていたが、やがて温かく見守るようになっていった。

チェーリアは社交界にも出るようになった。父が病に伏せる前、二年ぶりのことだ。すっかり社交界での話題にも疎くなってしまっていてチェーリアは緊張したが、人々は温かく迎えてくれた。父の死や母の介助のことを知っていた人々はチェーリアの苦労を労ってくれて、優しい言葉をかける者ばかりだった。そして。

「ゲナウ帝国の皇帝陛下とのご縁談話が進んでいると噂《うわさ》で聞きましたわ。本当ですの？」

社交界ではチェーリアの縁談話はすっかり広まっており、誰しもがその進展に興味津々だった。

とあるお茶会で同い年くらいの令嬢にそう尋ねられたチェーリアは、カップを持ったまま固まってしまう。テーブルに着いた他の令嬢たちも目を爛々《らんらん》と輝かせて注目していた。

幸いにも、ヴィクトルに王族失格と罵倒され破談されかけたことは広まっていない。

しかし現状のことをうまく説明もできず、チェーリアは作り笑いを浮かべて「まだ正式に決まったわけではありませんわ」と曖昧に答えた。

あのお見合いの席では怒りのあまり勢いで見直す機会を求めてしまったけれど、冷静になって考えれば見直されたら結婚話は進んでしまうのだ。それでは当初の目論見と真逆だ。

けれどチェーリアにこの勝負を放棄するつもりはさらさらない。絶対にあの傲慢な皇帝に「見事だ」と言わせせない限りは、永遠に夢見が悪いだろう。

最初は認めさせたあとに縁談を断ってやろうと考えていたが、最近ではその気が少しずつ失せてきている。

王女としての本来の役割を思い出せば思い出すほど、この政略結婚がどれほどメルデーニャ王国にとって大きな利益をもたらすか理解できたからだ。

メルデーニャ王国は独立するまで様々な大国に支配されてきた。それはメルデーニャ王国が外海への湾港と四つの国に隣接する交易路を持ち、なおかつ気候が温暖で安定しているのが理由だ。雪も降らず干ばつや水涸《みずがれ》も滅多にないメルデーニャ王国は昔から保養地や旅の宿泊地としても名高く、今も王侯貴族の転地療養などによく使われている。

五十年前に多くの人々の血を礎にようやく独立できたが、歴史の浅いメルデーニャ王国は外交に於《お》いて弱小国といってもいい。もしどこかの国がメルデーニャ王国の土地を狙って攻め込んできても、自国の軍事力だけでは心もとないのが正直なところだ。

だからこそ、大陸の重鎮国であり一、二を争う軍事力を持つゲナウ帝国との縁談は、メルデーニャ王国にとって奇跡のような幸運なのだ。

婚姻によりゲナウ帝国と友好を結べば、他国はおいそれと手出しができなくなる。

もちろんゲナウ帝国にもなんらかの利益が見込まれると思われるが、メルデーニャ王国の受ける恩恵はこれ以上ないほど大きいものだろう。

チェーリアはお茶会のテーブルに着いた令嬢たちの無邪気な笑顔を眺め、密かにため息を吐き出す。

今までの行いがどれほど愚かだったのか、痛いほど身に染みる。自分の言動ひとつでこの令嬢たちが笑顔でいられなくなる状況を生み出す可能性があることを、何も理解していなかったのだから。

母のことは大切だ。けれど父が残したこの国と国民も同じくらい大切だ。

一年前の自分は父の死に衝撃を受けた上、母まで床に伏せり、冷静でいられなかったのだと今は思う。もし母も父と同じように天に召されてしまったらと思うと、怖くてそばを離れられなかったのだ。

しかし今、こうしてお茶会に出席して母のもとを離れていても状況は何も変わらない。医師でもない自分が四六時中ロザンナにつきっきりでも意味がない。そのことに気づいたのもようやく最近になってからだ。

もちろん父が亡くなった直後は母には心の支えが必要だっただろう。けれどもうその時期はとっくに過ぎている。

チェーリアはお見合いから一年の時を経て、自分がするべきことが見えてきた。

本音を言えばやはり母から離れたくもないし、何よりあの性悪皇帝に嫁ぐことは嫌だ。けれど国のため、国民のため、メルデーニャ帝国と婚姻を結ぶのは王女である自分にしかできない。

柔らかな日の光が差し込む中庭で朗らかな笑い声をたててお喋りを弾ませる令嬢たちを見て、チェーリアは静かに心の中で決意を固める。すると。

「ところで、ヴィクトル皇帝陛下はどのようなお方ですの？」

ひとりの令嬢が頬を染め興味深そうに聞いてきた。

「噂ではとても見目のよいお方だと聞きましたわ。背が高くて軍服がお似合いだとか」

「若くしてあの大帝国の帝位に就いたお方ですものね。きっと威厳があってすごくご立派なんだわ」

まるで自分の恋の話のようにキャアキャアとはしゃぐ令嬢たちに、チェーリアはニッコリと微笑んで返す。

「ええ、素晴らしいお方よ。震え上がるような威厳があって独裁者のようにお優しくって、傲岸不遜という言葉がぴったりな偉大なお方だわ」

唖然《あぜん》とした令嬢たちの注目の中、チェーリアの手の中でクッキーがうっかりまっぷたつに割れる。まだまだ忍耐が足りないようだとチェーリアは自省した。

チェーリアとヴィクトルの二度目のお見合いは、再びゼラゴの街にある別荘で行われた。

今年の夏は殊更暑くメルデーニャ王国からの長旅は体に応えたが、チェーリアはゼラゴへ向かう馬車の中でも凛とした姿勢を崩さなかった。

予定では、昨年と同じように晩餐会のあとに舞踏会となる。城に着き支度を済ませたチェーリアは、緊張を抱きながら正餐室へと向かった。

（大丈夫、やれるだけのことはやったわ。あとはあの傲慢皇帝の鼻っ柱を折るだけ）

正餐室へ近づくたびに、一年前のあの屈辱が蘇《よみがえ》る。また同じことの繰り返しになったらどうしようという恐怖もあったが、血の滲むような努力をした日々がチェーリアの自信となって顔を上げさせた。

「チェーリア王女殿下、ボニート公爵閣下、ご到着です」

正餐室の扉が開かれる。一年前と変わらぬ和やかな正餐室に、忘れたくても忘れられない仇《かたき》のような美丈夫の男性が立っていた。

緑色の瞳がこちらを捉え、チェーリアの胸がドキリと跳ねる。それを合図に鼓動がトクトクと走りだし、チェーリアは竦《すく》みそうになった足を強い気持ちで制して中に進み入った。

（相変わらず威圧的なお方！　たまには満面の笑みで迎えてみなさいよ）

一年が経ってもヴィクトルの美しさは健在で、眼差しは変わらず厳しい。冷ややかに見える表情からは彼の感情が読めず、この再会を面白がっているのか煩わしく感じているのかもわからなかった。

叔父のボニート公爵にエスコートしてもらったチェーリアはヴィクトルの前に進み出て、スカートの裾を摘まみ淑やかに膝を曲げる。

「ゲナウの偉大なる太陽、ヴィクトル皇帝陛下。再びこうしてお会いしていただけたことを光栄に思い、心よりお礼申し上げます」

沈黙が流れた。正餐室には楽団の音楽が流れていたが、それでも緊張感に包まれたチェーリアや周囲の人々はこの瞬間を無音に感じただろう。

ボニート公爵や皇太后や周りの者らがハラハラと見守る中、チェーリアは優雅な笑みを浮かべまっすぐにヴィクトルを見つめる。

そして数秒ののち、彼は折り目正しくお辞儀をしてから片手を差し出してきた。

「チェーリア王女、よくいらっしゃった。今宵は料理人たちに腕を振るわせた、ゆっくりと食事を楽しまれるといい」

その瞬間、誰もが密かに胸を撫で下ろした。

チェーリアも大きく安堵の息を吐き出したかったがグッとこらえて、ヴィクトルの差し出したエスコートの手を取る。とりあえず、会うなり早々に追い返されるような悲劇は免れたようだ。

席に着くと間もなく料理が運んでこられた。採れたばかりの新鮮な野菜に、ゼラゴの湖で取れた魚。ゲナウのワインに伝統料理のパイ包み焼き、希少な茸《きのこ》を使ったソース。どれも心づくしを感じられる料理だ。チェーリアはそれをひとつずつ丁寧に口へ運ぶ。

「今年はゼラゴ湖の魚がよく取れるそうよ。どれも丸々と太っていると料理長が喜んでいたわ」

皇太后が口火を切った会話に、チェーリアは笑みを浮かべて「そうですか。確かにこのイワナも身がふっくらとしていておいしいわ」と返す。去年と同じ轍《てつ》は踏まない。

「今年は気温が高いからですかな。人は参ってしまいますが、魚はよく育つのでしょう」

「本当に今年は暑い日が続きますわね。チェーリア様もゼラゴに着くまでの道中大変だったでしょう？」

「お気遣いありがとうございます。けど風がよく通る道を選んできたので大丈夫でしたわ」

他の者たちも会話に参加してきて、晩餐会は和やかな盛り上がりを見せ始める。誰もが朗らかに微笑んでいて、とてもいい雰囲気だ。

「そういえばロザンナ様のお加減はいかが？　夏の暑さが応えていなければよいのだけど」

「お母様は王都にある夏用の宮殿に移られました。そちらは涼しいので、体調を崩すこともなく過ごされています」

皇太后の質問にチェーリアが答えると、隣の席のヴィクトルがフッと口もとを緩めた。

「ご母堂がお元気そうで何よりだ」

ヴィクトルとしては社交上の当たり障りのない会話に過ぎないのだろう。けれど初めて彼からまともな言葉をかけられ、微かにではあるが微笑みかけられたチェーリアは、思わず胸を感激でいっぱいにしてしまう。

(……っ！　何よ、まともなことも言えるんじゃないの)

初めて彼と同じ舞台に立てた気がした。皇帝として、王女として、ようやく向かい合って同じ目線になれたのだ。

「夏が過ぎれば、きっともっとお元気になりますわ」

愛想よく穏やかに返しながらも高揚する気持ちが隠しきれないように、チェーリアの頬には赤みがほんのりと差していた。

続けて行われた舞踏会で、チェーリアは去年の雪辱を果たせたような気がした。

毎日どんなに疲れていても欠かさなかったダンスの練習は実を結び、ヴィクトルの足を踏むどころか人々が惚《ほ》れ惚れするほどの腕前を見せられた。

シャンデリアの光を受けて煌めく金色の髪を揺らしながら鳥のように華麗に舞うチェーリアは、文句のつけようがない〝今日の主役〟だった。昨年とのあまりの変わりように皆感心するどころか、ボニート公爵やキリコ夫人などは安堵と喜びで涙ぐむほどだ。

軽快に踊れるようになればダンスは楽しい。チェーリアは気がつくとヴィクトルの腕の中で自然と笑みを浮かべていた。

「随分と練習をしたみたいだな」

人々のざわめきと音楽の中、ヴィクトルがチェーリアにしか聞こえない声の大きさで言う。

ダンスの腕前を評価されたのは喜ばしいが、見上げた彼の目がどことなく意地悪そうに細められているのを見て、チェーリアはつい「これが本来の私の姿ですから」と強気なことを言ってしまった。

「そうか。だがリズムの取り方が甘いな。曲のテンポが変われば追いつけなくなるだろう」

やはり彼は一筋縄ではいかない。多少は認めてくれたのかと思ったら貶《けな》すなんて本当に性悪だと、チェーリアは笑顔ではらわたを煮え繰り返した。

「先日、別の舞踏会で踊ったときにはなんの問題もありませんでしたわ。もしかしてリズムがずれているのは陛下なのではございませんこと?」

去年と違って今回は何も非礼をしていない。それなのに嫌味を言われる筋合いはないとばかりに、チェーリアは小声で反撃した。

ヴィクトルは一瞬目を丸くしたが、怒ることも踊りをやめることもなく口の端を持ち上げただけだった。

「生意気なやつだ」

小さく呟いた声はチェーリアには届かなかった。ただ握っていた手に少し力が籠もったような気がしたが、ヴィクトルは表情を変えることもなく、それ以上何も言わなかった。

前回とは打って変わって終始和やかな雰囲気だった舞踏会も、いよいよ最後の曲を迎える。少し休憩を取っていたチェーリアはヴィクトルに手を差し出され、胸を高鳴らせた。

最後のダンスを申し込むのはプロポーズの意味が、そしてその手を取るのはプロポーズを受けるという意味がある。

ヴィクトルはチェーリアを結婚相手に相応しいと認めたということだ。

今までの努力が報われた思いと、この手を取れば彼の妻となる人生が始まる緊張で、チェーリアはしばし呆然とする。

固まってしまって動かないチェーリアを周囲は心配そうに見つめていたが、ヴィクトルだけは目を離さなかった。

緑色の瞳にまっすぐ射られ、チェーリアは頭がぼうっとする。

(私……この方の妻になるんだわ)

傲慢で居丈高で意地悪。はっきり言ってこれっぽっちも好きではない。

けれど、道を誤りかけたチェーリアを叱責し王女としての自覚と誇りを取り戻してくれたのは間違いなくヴィクトルだ。彼のことは好きではないが、正しいと信じることはできる。

「わたしと踊っていただけますか。チェーリア・アレッシ」

チェーリアは差し出された手のひらにそっと自分の手を乗せると、椅子から立ち上がって微笑んだ。

「よろしくお願いします。ヴィクトル皇帝陛下」

第二章　夫婦への道のり

ゲナウ帝国皇帝ヴィクトルとメルデーニャ王国王女チェーリアの婚約が正式に決まり、結婚式はチェーリアが十八歳を迎える翌年一月に行われると発表された。約半年後である。

結婚式までの六ヵ月間を、チェーリアはゲナウ帝国の宮殿で過ごすこととなった。嫁ぎ先であるゲナウ帝国の文化や習慣に慣れるため、という名目の皇后修業だ。

祖国や母との別れが想像以上に早くやって来たことにチェーリアは少し戸惑ったが、今さら泣き言は言っていられない。

母のことは気にかかるが、信頼のできる侍女や侍従にしっかりと見るよう頼み、チェーリアは祖国をあとにした。

メルデーニャ王国の王宮からゲナウ帝国の帝都までは、馬車と船を使って二十日かかる。祖国を発ったときは夏の一番の盛りだった季節も、ゲナウ宮殿に到着する頃には日が暮れると秋の気配を感じる晩夏になっていた。

「――朝晩はすっかり風が涼しくなってまいりましたが、お母様は変わらずお過ごしでしようか……」

ゲナウの宮殿で暮らすようになってから一週間。チェーリアはもはや日課になった母へ送る手紙を寝る前にしたためていた。

家族とも親しかった侍女たちとも離れ寂しさを感じることもあったが、今ではだいぶ慣れてきた。というのも、不安だったゲナウでの生活が思いのほか快適だったからだ。

あの傲慢で厳格な皇帝が治める宮殿なのだからどれほど息苦しいものかと覚悟していたし、一年前にお見合いの席で醜態を晒した王女を歓迎しない者もいるのではないかと心配したが、そんなことは杞憂《きゆう》だった。

入宮式を取り仕切った皇帝副官のルーベンス伯爵はとても敬意を持って接してくれて、それに倣うように他の宮廷官らもチェーリアに敬愛の態度を示してくれた。どうやら宮廷で彼の影響力は大きいようだ。

最初の謁見を取り仕切ったのは宰相のミュラー侯爵で、こちらは少し慇懃《いんぎん》な感じがしたがチェーリアの体調をよく気遣ってくれる優しい人物だった。なんでも医学や薬学に精通しているという。

チェーリアの側近と侍女は皇帝と大臣らで決めたらしいが、皆温かく新しい主を迎えてくれた。まだ年若い王女が緊張していると気づくと、侍女らは微笑んで優しい声をかけ、侍従はすぐに温かい飲み物を用意してくれる。わからないことはさりげなく教えてくれて、おかげで入宮に纏《まつ》わる式典行事も難なく済ませることができた。

それに皇帝一族のグルムバッハ家の人々も新しい家族になるチェーリアを心から歓迎してくれた。中でも嬉《うれ》しかったのは、義母となる皇太后から入宮のお祝いにと一匹の愛玩犬を贈られたことだ。動物好きのチェーリアにとってこれは素晴らしいサプライズだった。

茶色い毛玉のようなミニチュアプードルをチェーリアはマンデルと名付け、自室で飼うことにした。人懐っこいマンデルはあっという間に王女の心細さなど吹き飛ばし、新天地での暮らしを明るいものにしてくれたのだった。

さらに、チェーリアはゲナウ帝国の壮大さも気に入っている。ゲナウ帝国はやはり大陸一の大国だ。宮殿の大きさも豪華さもメルデーニャ王国とは規模が違う。

メルデーニャ王宮のざっと二倍はある宮殿の敷地には二千室近くを有する本宮殿の他に、大きなふたつの礼拝堂やオペラホール、舞踏会用の大ホールと小ホール、さらには三階建ての図書館と博物館に動植物園まである。

帝都は流行の最先端で、貴族はもちろん庶民らも自分たちなりのおしゃれを楽しんでいる。街は活気に溢れ洗練された店が建ち並び、見ているだけでワクワクと胸が弾んだ。

もともと活発で好奇心旺盛なチェーリアはすぐにこの国が気に入った。笑顔の多い街も、最先端の建築技術を活かした華やかな宮殿も、花いっぱいの庭園も、世界中の英知が集まっている図書館も、珍しい動物と触れ合える動物園も、すべてが素晴らしい。

「……これで、あのお方がいなければ本当に最高の国なのだけれど」

母への手紙にゲナウ帝国のよいところを綴《つづ》っていたチェーリアは、思わずそう呟いてため息をついた。

ゲナウ帝国は人も宮廷も文化も素晴らしくて好きになれそうな予感がするのに、ただひとつ——ヴィクトルだけが苛立ちの種だった。

まだゲナウの宮廷作法に慣れないチェーリアに周囲の者たちは寛容だが、ヴィクトルだけは口うるさい。いや、彼は口数多く責めてくるわけではないのだが、チェーリアが初めてのことに戸惑って侍女らに助けてもらったりすると「いつまで周囲に甘えているつもりだ」と冷ややかな視線を向けてくるのだ。

それがじつに腹立たしくて、チェーリアは入宮してから必死にゲナウ宮廷の作法やしきたり、歴史などを学んでいる。彼に冷ややかに見下されるのも、嘲笑されるのもご免だ。

休憩も取らず一心不乱に机に向かうチェーリアを、侍女らは「無理をなさらないでください。チェーリア様は十分頑張っておられます」と励ましてくれた。

周囲が親切なことは救いだが、負けん気の強いチェーリアとしてはそれでは気が済まないのだ。

今日もヴィクトルは公務の合間に突然チェーリアの部屋へやって来たと思ったら、『お前の古ルデン語はところどころ間違っている。恥という概念があるのなら勉強し直すんだな』などと言い捨てていった。

古ルデン語は遥《はる》か昔に大陸で使われていた言語だが、今は公用語ではなく古典や学問、宗教などの用語として使われているのみだ。王族の教養としてチェーリアも一応は身につけているが、日常で使うこともないのであまり得意ではないし、別にそれが問題だと思ったこともなかった。

そんな言語を学べ直せなど、チェーリアは腑《ふ》に落ちない。そもそも彼の前で古ルデン語を使った覚えもない。こちらに来てから社交界で学者と少しだけ古典の話をしたことがあったが、まさか聞き耳を立てていたのだろうか。

どちらにしろ重箱の隅をつつくような指摘をされて、チェーリアはますますヴィクトルのことがいけ好かなくなった。最初のお見合いで失態を晒したせいだろうか、どうも彼はチェーリアを小馬鹿にしている気がする。

「こうなったら馬鹿にしたくてもできないくらい、何もかも完璧になってやるんだから！」

やられっぱなしは我慢できない。これはチェーリアの性分だ。

性悪なヴィクトルの妻になるには弱いままでは駄目と考える。知識と教養と品性で武装し、彼からの攻撃を撥ね返す強さを持たなくては。

思い出して怒りが再燃してきたチェーリアは母への手紙を封筒にしまうと、本棚から古ルデン語の教本を引っ張り出して開いた。

時計の針は夜中の十二時を過ぎていた。


「ふぁ……あ」

うっかり大きな欠伸《あくび》を零してしまい、チェーリアは慌てて口を手で押さえた。

「チェーリア様、お疲れなのではございませんか？」

心配そうに尋ねてきた侍女のノイラート夫人に、チェーリアは苦笑いを浮かべて首を横に振った。昼下がりのチェーリアの書斎は日あたりがよく、油断すると午後の座学中に眠くなってしまう。

ここにヴィクトルがいなくてよかったと、チェーリアは心底思う。座学の途中で大欠伸をしているところなど見られたら、何を言われるかたまったものじゃない。

「チェーリア様は最近、睡眠時間が少ないのではございませんか？　お勉強に励まれるのもご立派ですが、お体を壊してはいけません。ほどほどになさった方がよいのでは？」

侍女たちは皆親切だが、中でもノイラート夫人は心配性なのかチェーリアに休息をよく勧めてくれる。その気持ちはありがたいが、甘えるわけにはいかない。

「ありがとう、ノイラート夫人。でも大丈夫よ、疲れているわけじゃないの。午後の日差しが気持ちよすぎて眠くなってしまっただけ」

「では少し仮眠をとられますか？」

「やめておくわ。昼寝の癖をつけたくないの」

とは言ったものの、このままでは欠伸が止まりそうにない。チェーリアは開いていた教本を閉じると机の前から立ち上がった。

「眠気覚ましに少しお散歩してくるわね。宮殿内を歩くだけだからお供は結構よ。ついでに陛下にもお会いしてくるわ、来週のことで相談したいことがあったから」

普段であれば、ヴィクトルに何か質問したり相談したりなど絶対にしないのだが、今なら彼の顔を見れば少しは目が覚めるかもしれない。荒治療だが効果は抜群そうだ。

チェーリアは壁にかかっている鏡の前で、顔に欠伸の涙の痕が残っていないのを確かめてから部屋を出た。

本宮殿は一階と二階は正餐室や広間、謁見室や執務室など公務のための宮廷部分になっており、三階が皇族と客人の居住空間となる。チェーリアも三階に私室をもらい、主にそこで過ごしていた。

この時間ならばヴィクトルは執務室で書類の決裁をしているはずだと思い一階へ向かうと、侍従から予定に変更があって今はいないと言われた。

「急遽《きゅうきょ》閲兵式に参加されることになりまして。今はお戻りになって、私室の方で少し休まれているはずです」

説明を聞いてチェーリアは無駄足を踏んでしまったと苦笑する。今来た階段を上って、また三階へと戻っていった。

「確か、ここだっけ」

侍従に聞いた部屋の前までやって来る。この宮殿で暮らすようになって一週間以上が経つが、ヴィクトルの部屋へ来るのは初めてだ。

ノックをして「チェーリアです。来週の教会の訪問について相談したいことがあるのですが、入ってもよろしいでしょうか」と尋ねると、「ああ、入れ」と返事があった。

「失礼いたします」

真鍮《しんちゅう》のノブを握って樫《かし》のドアを開いたチェーリアは、三歩ほど進み入ってから目の前の光景に気づいて「きゃあああっ！」と悲鳴をあげた。

「うるさい。怪鳥のような声を出すな」

淡々とそう言い放つヴィクトルは、上半身が裸だ。汗に光る肌をタオルで拭いている。

「お、お着替え中とは存じず、失礼しました！　出直してまいりますっ」

大人の男性の裸体を見るのはチェーリアは初めてだ。あまりの驚きで自分の声が裏返っていることにも気づかない。

（み、見てしまったわ。ヴィクトル陛下の裸！　見てしまったわ！）

顔を真っ赤にして慌てて背を向けると、「待て」と後ろから肩を摑まれた。

「何故逃げる。相談があって来たのだろう」

チェーリアは後ろを振り向けず、横目で窺う。ヴィクトルの素肌がチラリと視界に入って、咄嗟《とっさ》に両手で顔を覆った。

「そ、相談はあとでいいです。出直してまいりますので、ふ、服を着てください」

眠気覚ましに迂闊《うかつ》にヴィクトルに会いにきたことを、チェーリアは心底後悔した。確かに目は嫌というほど覚めたが、ここまでの刺激は求めていない。かつてないほど鼓動が急加速し、今にも倒れてしまいそうだった。

それなのにヴィクトルは摑んだ肩を離さないどころか、強引にチェーリアの体を自分の

方へ向けさせるではないか。

「出直す必要はない、時間の無駄だ」

「……っ、でもっ」

両手で顔を覆って目を瞑《つむ》っているチェーリアは気づいていない。動揺しているチェーリアを見て、ヴィクトルがおかしそうに口角を上げたことに。

「何故そんなに顔を赤くしている。俺は閲兵式で汗をかいたから着替えをしていただけだ。なのにそんなに顔を赤くするということは、お前は俺の裸を見てふしだらなことを考えたようだな」

「ふ、ふしだらじゃありません！」

とんでもないことを言われて、チェーリアは思わず目を開いて叫んだ。その瞬間、双眸《そうぼう》にヴィクトルの素肌の胸板が映る。それも間近で。

「～っ‼」

チェーリアは言葉も出ないほどの衝撃を受けた。頭から湯気が出そうなほどパニックに陥っているチェーリアを見て、ヴィクトルはようやく肩から手を離すとククッと押し殺した笑い声を漏らす。

「そう逸るな。結婚式を終えたら嫌というほどこの体をくれてやる。楽しみに待っていろ」

完全にからかわれていることを理解し、チェーリアは今度は怒りで顔を赤く染めると走って部屋から飛び出した。ぶつけてやりたい山ほどの文句は、「失礼しました！」の大声と、軋《きし》むほど強く閉めたドアに籠める。閉めた扉の向こうから笑い声が聞こえてきたのが、また腹立たしい。

（何よ、何よ！　礼儀や作法にうるさいくせに、自分はその百倍は失礼なことをしてるじゃない！　結婚前の婚約者に向かってあんな……あんなふうに迫るなんて！）

とても品行方正とはいえない足取りで廊下を歩くチェーリアの脳裏には、ヴィクトルの半裸姿が焼きついて離れない。何度頭を振っても消えず、そのたびに顔を赤くした。

皇后教育と共に結婚式の準備にも追われる毎日は、なかなか忙しい。

ゲナウに来てから三ヶ月が経つ頃には、チェーリアにも少し疲れの色が見え始めてきた。体が疲れると心も弱くなってくる。最近故郷を恋しく思うことが増えてきたのはそのせいだろうか。入宮した当初よりも、母に会いたくなることが多くなってきた。

季節は秋。心がセンチメンタルに浸るには適した季節でもあった。

「ふぅ……」

夕暮れ。結婚式用のドレスの打ち合わせを終えたチェーリアは、自室へ戻る途中の廊下で、枯葉の舞う庭を眺めてため息をついた。紫色に染まった空を見ていると、あと三ヶ月でこの国の皇后になることがなんだか不安になってくる。

そんなマリッジブルーに囚われそうになっていると、廊下の向こう側からやって来た侍従がチェーリアの姿を見つけて近づいてきた。

「チェーリア様。先ほど故郷のメルデーニャ王宮からお荷物が届きました。お部屋の方に届けてあります」

「まあ、メルデーニャから?」

故郷の名を聞いて、感傷に染まっていたチェーリアの顔が一転して明るくなった。

頰を桜色に染め、ウキウキとした早足で自室へと向かう。

(メルデーニャから贈り物なんて何かしら。お手紙は入っているかしら)

たとえ帰ることは叶わなくても、祖国からの便りがあれば心は元気になれる。

自室に戻ったチェーリアは部屋に置かれたふたつの木箱と、リボンがかかったみっつの豪奢な箱を見て目を輝かせた。

「まあ、見て！　カシミアのショールよ！　風邪をひかないようにって、お母様から……！　こっちは冬用の靴、それに手袋まで。嬉しい……」

遠くにいても自分を気遣ってくれる母の思いが伝わって胸が熱くなる。まるで母に抱きしめられているような気持ちだ。

すっかり元気を取り戻したチェーリアは、添えられていた手紙を読みながら木箱を開くように侍女に命じる。

「こっちはお兄様からだわ。食べ物みたい」

木箱の方には厳重に包まれたワインに、メルデーニャ王国名産の加工肉やバターが入っていた。どれも祖国にいた頃はよく食べた懐かしい味だ。

「厨房《ちゅうぼう》に届けてちょうだい。今日の晩餐でいただきましょう」

すっかり笑顔になったチェーリアに、侍女たちも安心したように和やかな笑みを浮かべる。ところが。

「あら、この箱……。え？」

もうひとつの木箱を開いた侍女が驚きのあと眉根を寄せて、後ずさった。他の侍女たちも何事かと木箱を覗《のぞ》き込んだあとに怪訝《けげん》な表情を浮かべる。

「どうしたの？」

不思議に思いながら箱の中を見たチェーリアはそれをまじまじと見つめてからプッと噴き出し、肩を揺らして笑った。

木箱の中には厳重に木くずで包まれた小さな木箱がひとつ入っているだけだった。過剰とも思える包装なのに、発酵臭が漂っている。

「お兄様ったら、こんなものを送ってくるなんて」

おかしそうに笑っているチェーリアを、侍女たちは理解できないといったふうにキョトンとして見ている。

チェーリアは発酵臭の漂う木箱を開けながら、彼女らに説明してあげた。

「これは私の国の名物のチーズなの。名物といっても食べない人も多いけどね。羊の乳で作ったチーズを特殊な技術を使って発酵させるのよ。舌触りがクリーミーでほろ苦くてワインに合うと、好きな人は絶賛するわ」

包み紙から出てきたチーズはところどころカビが生えて灰色の毒々しい色をしており、侍女たちが「これは……食べられるのですか？」と顔を青ざめさせる。どの国でも珍味というのは存在するが、さすがに見た目のインパクトが大きいようだ。

「私も食べたことはないのよ。きっとお兄様のジョークね。私を笑わせて元気づけようとしてくださったのだわ」

言いながら、チェーリアはハッとあることを思いついた。そしてニヤリと口の端を持ち上げる。

「これも厨房へ持っていってちょうだい。料理長に伝えて、今日送られてきた食材をすべて晩餐に出すようにと」

ヴィクトルと出会ってから約一年四ヶ月。ようやく彼をぎゃふんと言わせる機会ができたかもしれない。

ヴィクトルは固まっていた。晩餐のテーブルで、目の前に出された皿をただジッと見つめている。

「いかがされたのです、陛下？　お兄様から送られてきたメルデーニャ王国の名産の数々です、どうぞ召し上がってくださいませ。まさか、陛下ともあろうお方が婚約者の祖国の食べ物を忌避されるなんて、そんな無礼なことはなさりませんよね？」

チェーリアは笑い出したくなるのをグッとこらえて、努めて柔和な物腰で言った。ヴィクトルが眉間に皺を寄せたのを見て、ますますおかしくなる。

ゲナウ宮廷での晩餐は、基本的に皇族と高位の宮廷官らが揃ってとることになっている。テーブルに着いた者たちはメルデーニャ産のハムやワインに舌鼓を打ったあと出された珍妙な色と臭いのチーズに、驚きと恐怖と好奇心を隠せない様子だった。

女性たちの幾名かは悲鳴をあげて皿を下げさせた。珍しい物好きや自称グルメの者たちは面白そうにそれを口に運び、臆病者と思われたくない男たちが度胸試しのように口へ入れてワインで流し込んだ。

どうやらヴィクトルは後者のようだ。平静を装っているが、できることなら口にしたくないというオーラが漂っている。

けれどチェーリアの言うとおり食べないのは無礼にあたると覚悟したのだろう、フォークを握ってチーズに突き刺した。チーズを直視しないよう口に運んだヴィクトルは数回の租借のあと顔色を変えた。そして慌ててワインで流し込む。

「いかがですか、陛下。独特の香りが癖になりますでしょう?」

無邪気を装って言ったチェーリアに、ヴィクトルは口もとに弧を描いてみせた。

「ああ。珍しいものを食べさせてくれたことに感謝する。この礼はいつか必ずしよう」

まったく目が笑っていない彼の笑顔を見ながら内心高笑いしたチェーリアの心からは、郷愁の念もマリッジブルーもすべて消え去っていたのだった。


「――まったく。故郷のものを送ってやれなんて言うのではなかった」

晩餐後、残っていた書類を片付けるために政務室へ戻ってきたヴィクトルは、先ほど食べたチーズの香りを思い出して嘔吐《えず》きそうになった。

ヴィクトルの側近で皇帝副官のルーベンス伯爵が、書類の整理をしながらクックッと白髪交じりの髭《ひげ》を揺らして笑う。

「いやいや。楽しかったですぞ、あれは。陛下があのようなお顔をされるのを、初めて見ました」

晩餐に同席していたルーベンス伯爵の思い出し笑いに、ヴィクトルは「ふん」と不機嫌そうに鼻を鳴らして書類に目を落とした。

「それに何より、チェーリア様がじつに楽しそうだったではないですか。やはり故郷の味は郷愁を和らげる。陛下の仰ったとおりですな」

ルーベンス伯爵の言うとおり、最近チェーリアの元気がないので励ますために故郷の食べ物を送って欲しいと、メルデーニャ王国へ手紙を出したのはヴィクトルだった。

それは目論見どおり彼女に笑顔を取り戻させることはできたが、こんなとばっちりを食らうとは予想外だった。とびっきりの珍味を送ってきたレオポルド王には、いつか丁寧に礼をしてやらねばと思う。

「あの小娘、俺がチーズを飲み込むまで目を離さなかったぞ。まったく兄妹揃って底意地の悪いやつらだ」

ヴィクトルはブツブツと文句を言うが、そこに怒りが含まれていないことを知っているルーベンス伯爵は楽しげに頬を緩ませた。

決して順調とはいえない縁談だった。とんでもない出会いから始まった上、宮廷内では他国のプリンセスを皇后候補に推す者も多く、チェーリアの入国ギリギリまで反対の声が出ていた。チェーリアとの結婚に決定をくだしたのはヴィクトルだが、彼とて確固たる自信があったわけではなく心の底では迷いやためらいもあっただろう。

しかし、チェーリアの入国から三ヶ月。今ではルーベンス伯爵の期待以上に彼女は素晴らしい皇后の素質を見せ、ヴィクトルも彼女のことを憎からず思っていることがはっきりと窺える。少なくとも互いが尊敬できないような険悪な夫婦にはならないだろう。

そもそも誠実が過ぎるゆえに厳格なヴィクトルは、内心どうあれ妻になる女性を誰よりも丁重に扱っているのだ。たったひとりで異国に嫁いできたチェーリアが不安にならないよう、彼女の側近の人選にも気を配った。皇后教育として何を学ばせるべきかも、ヴィクトル自らが厳選して女官長らに指示した。彼女の緊張を和らげる助けになるかと、プードルを手配したのもじつはヴィクトルである。

ゲナウ帝国は長い栄光の歴史を持つ分、皇室行事や宗教儀式が多くて複雑だ。宮廷でのしきたりも多く、国内の貴族はもちろん外国から向けられる目も厳しい。先々皇帝のときはそれが原因で皇后が精神を病んでしまい、隔離されたあげく亡くなってしまった歴史がある。

そのような悲劇が自分の代で再び起きることをヴィクトルは望んでいない。しかし、だからといって行事やしきたりを蔑ろにして廃止するわけにもいかない。大陸の重鎮国家という立場で歴史と伝統を軽んじれば、それは威厳を失墜させることに直結する。

だからヴィクトルはチェーリアを育てるしかないのだ。完璧な皇后になることが彼女自身を守る唯一の手段なのだから。

皇后教育には飴《あめ》と鞭《むち》が必要だ。鞭ばかりで彼女が精神を病んでしまっては意味がない。しかし飴を自分が手ずから与えてやる必要はないとヴィクトルは考えている。少女の心の機微を測るなど面倒なことは、側近の侍女や女官らに任せればいい。

ヴィクトルとしては気が強く粗野なところがあるチェーリアを、結婚式までにこの帝国に相応しい皇后に育てればいいとだけ思っていた。……だが。

「生意気だが面白い女だ。暴れ馬ほど躾《しつ》ければ名馬になる。どう変わっていくか見ものだな」

尊大な物言いをしながらも、口調には蔑視は感じられない。それどころか緑色の瞳には隠しきれない彼女への興味が浮かんでいる。

負けん気ばかり強く、物事の本質もわかっていない子供。けれど自分の過ちを受け入れる素直さと、決して折れない王族としての矜持も兼ね備えている。そして何より努力家であり、じつは動物や子供に目がない優しく愛らしい一面もある。

ヴィクトルは初めてマンデルが宮殿にやって来た日に、チェーリアが弾むような足取りでマンデルを連れて中庭を散歩していたことを思い出して微かに目を細めた。

「これからどう育っていくか、楽しみだ」

口の中で小さく呟いた声は誰にも聞こえなかったが、主君の上機嫌な様子にルーベンス伯は婚約まで一年待った甲斐《かい》があったと思った。


——一月。

新年の祝祭に続いて、ゲナウ帝国では華々しく皇帝の婚礼式典が行われた。

大帝国の威信にかけて、式典と祝宴には大小含め約一ヶ月が費やされ十七ヶ国が招待される大規模さである。

婚礼初日は皇室礼拝堂での結婚式が行われる。チェーリアはゲナウの皇后に代々贈られるダイヤモンドのネックレスを飾り、銀糸とダイヤモンドが縫い込まれた真っ白な絹のドレスに身を包んだ。

大司教をはじめとした五十人以上の聖職者が進行をし、皇族と高位宮廷官や高位軍人、上位貴族や高位の役人たちおよそ三百人が見守る中、式は粛々と行われた。

司教に続いて誓いの言葉を唱え、観衆の前でヴィクトルとチェーリアは口づけを交わす。

（ああ。私、本当にこの方の妻になるんだわ）

口づけの瞬間、ヴィクトルの手に頬を包まれたチェーリアは自分の鼓動が跳ねたのを感じた。式典に対する緊張のせいではない胸の高鳴りが起こる。

ギュッと固く目を瞑ると、唇の触れ合う感触がした。軽く押しつけられただけなのに、今までで一番ヴィクトルの熱を感じる。

（これが……口づけ）

頬が熱くなっていく。すると、ふいにぬるりとした感触が唇に触れた。驚いて薄く開いてしまった唇と歯列の隙間に、肉厚なものが滑り込んでくる。

（えっ⁉　何、これは？　まさか舌……⁉）

閉じていた目を見開くと、ヴィクトルの双眸が映った。その瞳はどこか妖しく、チェーリアが見ていることに気づくと面白そうに微かに細められた。

（ま、また！　また私をからかってる！　しかもこんなときに！）

神に愛を誓う神聖な式の途中だというのに、卑猥《ひわい》な悪戯をしかけてくるヴィクトルに腹が立つ。いっそ口腔《こうこう》に入ってきた舌を嚙んでやろうかと思い眉を吊り上げたとき、唇が離れた。ヴィクトルは何事もなかったかのような涼しい顔をしている。

ハッとしてチェーリアもすまし顔をしたが、胸は高鳴りが止まらないし腹は立ったままだしで、どうにも冷静になれなかった。

この日は礼拝堂での式のあと、大規模な晩餐会と舞踏会が行われた。

各国の招待客に囲まれて行われたそれらは、祝宴であると共に新皇后チェーリアのお披露目の意味も持つ。

大帝国の皇后として、チェーリアは所作や振る舞いはもちろん美しさも品格も思想も知能も、内外国の官僚や貴族にじっくりと見定められる。弱冠十八歳の少女にとっては耐えがたい重圧だ。

けれど、チェーリアは一度も顔を曇らせることなくこの日の主役を堂々と演じきった。

重鎮国の皇后として相応しい、威厳ある風格さえ感じられるほどに。

お祝いに駆けつけた実兄のレオポルド王でさえも「半年前とは別人のようだ」と称賛した。

わずか半年ではあったけれど、厳格で壮麗なゲナウの宮廷で暮らしたことが、皇帝の婚約者という立場を自覚して振る舞ってきたことが、優しい人たちと最適な環境で昼夜問わず学び続けてきたことが、すべて身になった結果だった。

「疲れた……」

日付も変わりようやく長かった一日を終えたチェーリアは、深夜の二時を過ぎてからようやく湯浴みを済ませ就寝の支度が整った。

とはいってもちろん、このままベッドに潜って眠りこけるわけにはいかない。

皇后としての務めは、これからが本番といっても過言ではないのだから。

体は疲れきっているというのにちっとも眠気が訪れないのは、緊張で気持ちが昂《たかぶ》っているからだ。房事の知識はあるがこれから迎える未体験の時間に、何度深呼吸をしても鼓動が駆けるのが収まらない。すぐに喉がカラカラになってしまって、何度水を飲んだだろう。

先に夫婦の寝室へ入ったチェーリアは、ベッドに腰掛けてヴィクトルがやって来るのを待った。

大理石でできた暖炉では火がゆらゆらと揺れて、明かりを抑えた寝室をほの明るく照らしている。炎を眺めていると時間が遅々として進まないような気がして緊張が募り、チェーリアは肩に羽織っていたショールを無意識に強く摑んだ。

(大丈夫。初夜なんて世界中の女性が経験することよ。失敗するはずがないわ)

そう自分に言い聞かせるものの、不安は払しょくできない。何せ夫婦の営みは練習なしのいきなり本番だ。どんなに本を読み知識を得たところで、実際にヴィクトルがどんなふうにチェーリアを扱うかも、体がどんな感覚を覚えるかもチェーリアには想像がつかなかった。

（最初は痛みがあると本に書いてあったわ。でも叫んだり泣き喚いたりして、はしたない姿を見せてはいけないって。妻は閨《ねや》でも貞淑に、夫に身を任せ子種を受け入れること）

学んだ房事の知識を頭で繰り返していると、寝室の扉がノックされた。

チェーリアがハッと顔を上げると同時に、返事を待たずに扉が開いてヴィクトルが入ってくる。

「待たせたな」

ヴィクトルはいつもと変わりない。特別な夜であることなどなにも気にしていない様子だ。チェーリアはなんとなくそれが腹立たしい。

「どうだ？　眠くなっていないか？」

尋ねながらヴィクトルはベッドの前を通り過ぎ、暖炉に薪をくべる。それから着ていたナイトガウンを脱いでソファーに置くと、いつもと違ってラフになっている髪を軽く掻き上げた。まったくもって緊張など感じられない。

「大丈夫です。皇后の務めを果たすのですから、眠いなどと言っていられません」

チェーリアはついつっけんどんな口調になる。彼のことだ、優しく愛の言葉など囁《ささや》くわけがないとは思っていたが、もう少し同じ緊張感を抱いてくれていてもよいのではないかという思いが態度に滲み出てしまった。

するとヴィクトルはチェーリアの方を振り返り口の端を微かに持ち上げると、「ほう」と小さく呟いて近づいてきた。

いきなり目の前までやって来たヴィクトルに、チェーリアの心臓が跳ねる。思わず顔を逸らしそうになったが、顎を摑まれて目を合わせられてしまった。

「なんだ、拗ねているのか？　小娘のくせに一人前に甘いムードでも期待していたのか？　お前が望むなら、ベッドに薔薇の花びらを撒き、愛の言葉を吐きながら優しいキスをしてやってもいいぞ」

心の中を見透かされたみたいで、チェーリアは顔を赤く染める。なんてデリカシーのない男だと怒りが湧き、顎を摑んだ手を振り払ってやろうと思った。

しかし、次の瞬間。振り払おうとした手は摑まれ、文句を言おうとした口はキスで塞がれていた。

「ん……っ」

チェーリアは目をまん丸くする。今は房事の時間だとわかっていたはずなのに、突然の口づけに心が追いつかない。

驚きで固まっているうちに、またしても口腔に舌を入れられた。ぬるりとした感触が、強引に口の中をまさぐっていく。

「うんんっ……！　ん、んっ」

逃げ出したいが、いつの間にか後頭部をしっかり押さえられて頭を動かすこともできない。口の中はくすぐったいし、息も苦しくて、チェーリアは涙目になりながらヴィクトルのシャツをギュッと摑んだ。

「どうした。皇后の務めとやらを果たすんじゃないのか？」

口を離したヴィクトルが、伝う唾液の糸を親指で拭いながら言う。その顔には昼間の礼拝堂で見たのと同じ、妖しさと楽しげな表情が浮かんでいた。

悔しいけれど、キスのせいで頭が混乱していてチェーリアは言い返せない。涙目で彼を睨みつけるのが精いっぱいだ。

するとヴィクトルはフッと笑って、今度は額にキスをしてきた。さらに鼻先や頬など、顔中にキスの雨を降らせる。

さっきの強引な深いキスと打って変わって、戯れのような優しいキスに、チェーリアの胸がうっかり高鳴った。

ヴィクトルは啄《ついば》むようなキスをしながらチェーリアを抱き寄せると、そのままベッドへと押し倒した。真っ白いシーツにくるまれた上質なマットに、体が柔らかく沈む。

「子供だな。舌を絡ませるより、こんな遊びみたいな口づけの方がいいのか」

いつの間にか自分の表情が和らいでいたことに気づいたチェーリアは、すぐに目に力を籠めようとした。しかしその前に、眉間に口づけされてしまう。

「優しくしてやる。だからいちいち歯向かうな」

声色は優しいが、言っていることはやはり腹が立つ。まるでこちらが悪いみたいじゃないかと、チェーリアは唇を尖らせた。

「ヴィ、ヴィクトル様が意地悪なことばかり言うからじゃないですか！」

「わかった、わかった。おとなしくしろ」

そう言ってヴィクトルは優しくチェーリアの頬を撫でてから、その手で首筋を撫で、鎖骨をなぞった。くすぐったさにゾクリと体が震える。

チェーリアを組み敷いているヴィクトルの顔は、暖炉の明かりが輪郭を縁取っていて美しい。長い睫毛《まつげ》に、影を落とした深緑の瞳。蠱惑《こわく》的な薄い唇。昼間見るよりもずっと扇情的に感じる。

チェーリアの肌のなめらかさを楽しむようにデコルテを撫でていた手が、ネグリジェのリボンをほどいた。無防備になった襟元を大きく開き、少女の無垢《むく》な白い双丘が露になる。

「あ……っ」

夫婦の営みは裸でするのだとわかっていたけれど、やはり秘すべき場所を見られるのは恥ずかしい。だからといって隠すわけにも逃げ出すわけにもいかず、チェーリアは唇を噛みしめて羞恥に耐えた。

未熟さを残すチェーリアの胸は眩いほどに清麗だ。淡雪のような白い肌に、桜色の頂。触れがたいほどに穢《けが》れがない。

ヴィクトルはゴクリと生唾を飲み込むと、唇の端を持ち上げて手を伸ばした。

「ひゃっ」

男の硬い指先で敏感な胸の実の先端を擦られて、チェーリアの口から上擦った声があがる。くすぐったさを凝縮したような変な感覚だ。

ヴィクトルの指は触れるか触れないかくらいの弱い力で乳頭を擦る。もどかしい刺激を繰り返されるうちに、胸の実は自然と硬くなっていった。

(なんだか……変な感じ。すごく恥ずかしいのに、もっと触れて欲しいような……)

チェーリアは自分の体に戸惑う。こんな気持ちは教本には書いていなかった。

「っ、ん……。……っ」

声が出そうになり息が乱れる。するとヴィクトルは、今度は片方の乳頭に口づけしてきた。

「あっ」

硬くなった乳頭がなまめかしい唇に包まれ、チェーリアの口から再び上擦った声が出た。指でさわられるのとは違う感触。吸われるように唇で包まれ舌先でくすぐられると、じれったい刺激は疼《うず》きを持った愉悦へと変わった。

「ぁんっ、や……」

この快感をチェーリアはどうしていいかわからない。なるべくはしたない声を出さないように、口もとを手で押さえるしかなかった。

「……悪くないな」

胸から口を離したヴィクトルが、頬を赤くして初めての快感に戸惑うチェーリアを見下ろして言う。チェーリアにはその台詞の意味がわからなかったが、彼がどことなく満足そうなのは感じられた。

ヴィクトルは自分のシャツを手早く脱ぎ捨てると、半端に乱れていたチェーリアのネグリジェも脱がせた。そしてドロワーズにも手をかける。

ついにすべてを露にされてしまう羞恥に耐えきれず、チェーリアは思わず「あ……ま、待って……」と彼の手を止めた。

「どうした?」と尋ねるヴィクトルに、チェーリアはおずおずと「は、恥ずかしい……です……」と消え入るような声で訴えた。

また呆れられて嫌味を言われるかもしれないと覚悟したが、ヴィクトルは少し考えるように黙り込むと、ドロワーズから手を離し手近なところにあった燭台の火を消した。

「これでいいだろう」

確かにさっきよりは視界は暗くなったが、暖炉がついているので真っ暗というわけではない。だからといって暖炉を消火しろというのも我儘《わがまま》が過ぎる気がして、チェーリアは無言のまま頷いた。

抵抗をやめたチェーリアの脚から、ドロワーズが抜き取られる。すらりと伸びた健康的な脚も、下腹部からなだらかに続くふっくらした恥丘も、男の人の目に晒すのは初めてだ。ヴィクトルの視線が股間に注がれているのを感じ、チェーリアは太腿《ふともも》に力を入れて閉じる。燭台の明かりを消したところで、やはり見えていることに変わりはなさそうだ。

「……初々しい、と言うべきか。むしろ濫《みだ》りがわしく見えるが」

「え?」

囁くように独り言《ご》ちて、ヴィクトルは人差し指でチェーリアの恥丘に触れた。

他人と比べたことがないチェーリアは知らないが、彼女の恥毛はとても薄い。色が薄いのも相まって、恥毛越しに割れ目がはっきり見えるほどだった。

産毛のように柔らかい毛を、ヴィクトルは指先で弄ぶ。

フワフワとした感触がくすぐったくてチェーリアは身を捩《よじ》りそうになったが、指がそっと割れ目をなぞると、さっきと同じ愉悦の刺激がゾクッと体を駆け抜けた。

ヴィクトルの指は緩い力で何度も割れ目を往復する。そのたびにもどかしい疼きが下腹に溜《た》まっていくような気がした。

「ん、……ん、ぁ……」

緊張していた脚から力が抜けていく。もどかしいのに何故か気持ちいい気がして、だんだんと頭がぼんやりとしてきた。

「声が甘くなってきたな」

ヴィクトルはそう言うと今度は鼠経部《そけいぶ》に唇を寄せてきた。意外なところに口づけられて、チェーリアは一瞬内腿に力を籠める。

しかし唇が鼠経部から内腿、そして割れ目に達すると、再び脚からは力が抜けて甘い声が零れた。

「あ、ぁ……。そんなとこ、口づけては……」

愛撫はだんだん大胆になっていく。唇が触れていただけのものから、やがて舌で舐《な》められ、割れ目に舌を差し入れられた。

チェーリアは信じられない。男女の性交は体を触れ合わせると教本に書いてあったが、性器に口づけるとは書いていなかった。これは間違っている行為なのか、それとも世の中では当たり前の暗黙の行為なのか、チェーリアには判断がつかなかった。

恥ずかしくてたまらないのだが、不思議と嫌悪は湧かない。むしろ普段は居丈高なヴィクトルが、妻とはいえ自分のような小娘の体にじっくりと口づけする様は気持ちを高揚させた。

やがてヴィクトルは割れ目への愛撫を続けながら、ゆっくりと太腿を左右に開いていった。はしたない格好にさせられているというのに、チェーリアの意識は愛撫が与えてくれる悦楽に向いていて、抵抗する余裕もなかった。

「あ、はぁ……、ぁあ……あっ」

腿が開けば愛撫も深くなっていく。気がつくとすっかり開かれた腿の間に顔をうずめたヴィクトルが、チェーリアの媚肉《びにく》を舌で嬲《なぶ》っていた。

彼の舌が動くたびにピチャピチャと水音が聞こえるが、チェーリアにはそれが何故だかわからない。

うぶな秘裂は舌で割り開かれ、蜜に濡れた珊瑚《さんご》色の肉をヴィクトルの眼前にさらけ出している。包皮から覗く小さな突起を舐められるたびに窄《すぼ》まった孔がヒクヒク震える光景はあまりにも卑猥だった。

ヴィクトルは陰芽をねぶりながら、蜜を零す孔にゆっくり中指を差し入れてきた。

初めて味わう愉悦に酔っていたチェーリアは、いきなりの圧迫感に全身を強張らせる。

「んん……っ、な、何を……」

「力を抜け。これから俺のものを挿《い》れる場所を慣らしてやっている。痛い思いをしたくなかったら俺に身を委ねろ」

彼に言われてチェーリアは自分の体に何が起こっているのかを理解した。と同時に少し怖くもなる。

指を入れただけでこんなに圧迫を感じたのだ。男性器がどれほどの大きさかはわからないけれど、きっと指よりは太く長い。受け入れたら苦しいのではないだろうか。

（やっぱり痛みを感じるのかしら）

不安が芽生えてしまったチェーリアの体が硬くなる。それを悟ったのかヴィクトルはいったん指を引き抜くと、唇と舌での愛撫に注力した。

「あっ、ん……ぃ、あぁっ」

花弁を唇で食まれ、陰芽を優しくねぶられ、チェーリアの体が再び悦楽に沈む。快感は小さなさざ波になって体中に響き、やがて大きな波になっていく。

「あ、あ、待って……、体が……おかしくなりそう……っ」

脚の先から、背筋から、胸の先端から、愉悦がひとつになって下腹の奥で膨らむのを感じる。自分の体の中で快感が弾けそうで、チェーリアは額に汗を浮かべながらシーツを握りしめた。

「あ、はっ……ひ、ぁあっ⁉」

そのとき、またしても蜜口に指が差し入れられた。驚いたけれど先ほどよりは圧迫感はない。むしろ大きくなった快感と相まって、新たな愉悦を呼び起こした。

「あっ、あ、……ひ、ぃっ」

蜜道の浅いところを中指が小刻みなリズムで擦る。むず痒《がゆ》さにも似た不思議な感覚と、陰芽をねぶられる刺激が絡まり合って、チェーリアはついに快感の大波に呑み込まれ嬌声《きょうせい》をあげながら体を大きく震わせた。

「っ、あぁあーっ……！」

一瞬何も考えられなくなるほどの大きな衝撃だった。

体はしばらくビクビクと震え、チェーリアは脚を閉じることも声を出すこともできないまま息を荒らげて呆然としていた。

「幼い見かけのわりに淫らな体だな。なかなか楽しませてくれそうだ」

ヴィクトルは蜜口にうずめていた指を抜くと、纏《まと》わりついていた露を見せつけるように舐めながら言った。

初夜で何もかも初めてで知らないことばかりだというのに、淫らとは失礼だとチェーリアは内心憤る。けれどそれを口に出すどころか、眉を吊り上げる体力さえ今はない。

ヴィクトルはベッドから降りて脚衣を脱いだ。ぐったりと横たわっていたチェーリアの目に、彼の引きしまった腰と尻が映る。

「っ、きゃ……」

息を呑み顔を逸らそうとしたとき、ヴィクトルが振り返った。叫ぶ間もなくチェーリアは彼のいきり立った雄を見てしまう。

「ひっ……」

初めて見た男性器の迫力に、叫ぶどころか引きつった声が出た。そんなに大きな肉塊だなんて教本には書いていなかった。何かの間違いではないだろうか。

しかも彼の股間には髪と同じ色の陰毛がしっかりと生えている。産毛のようなチェーリアのものとは大違いだ。

お粗末な知識や想像とは何もかもが違って、チェーリアは眩暈《めまい》を起こしかけた。

（大人の男性ってみんなこんなに雄々しい体をしているの……？　それともヴィクトル様だけ？）

「フッ、そんなにこれが早く欲しいか？　焦るな、今からたっぷりくれてやる」

ヴィクトルに笑われて、チェーリアは自分が体を起こしてまで彼の陰茎を見つめていたことに気づいた。

「ち、違います！　初めて見たから驚いて見てしまっただけです！」

ようやく息が整ったチェーリアは叫んで彼に背を向けた。まじまじと眺めていた自分が悪いのだが、そこは追及しないで欲しかった。

「遠慮せずにもっと見ても構わんのだぞ。それとも触ってみるか？」

それなのにヴィクトルはますますからかってくる。ギシリとベッドを軋ませチェーリアの背後から迫ると、強引に肩を摑んで振り返らせてきた。

「もういいです！　見ませんから、やめてください！　意地悪しないって言ったではないですか！」

硬く目を瞑って拒否するが、チュッと唇にキスを落とされて思わず瞼《まぶた》を開いてしまった。瞳に映るのは、思いのほか真面目な表情をしたヴィクトルだ。

「意地悪ではない。目を開け。これから夫婦として体を繫《つな》ぐんだ、ちゃんとお前の夫を見ろ」

真剣な眼差しに射られ、チェーリアの胸が痛いほどに高鳴る。

彼の目には今、〝妻〟として自分が映っているのだと思うと、チェーリアは胸が苦しくなって何も言えなくなってしまった。

「……はい……」

消え入りそうな声で素直に答えると、ヴィクトルは「いい子だ」と耳もとで低く囁いてからチェーリアの体をベッドへ押し倒した。

「脚を開け。さっきのでだいぶほぐれただろう」

チェーリアの腿を割り開き、その間にヴィクトルは体を滑り込ませる。そして蜜で潤っている秘裂に指をうずめた。

「きゃんっ」

体が跳ね、高い嬌声がチェーリアの口から零れた。

「やっ……、そ、そこ……なんだか敏感になってて……」

達したあとに体が敏感になることをチェーリアは知らない。触れられると残留した快感が小さく爆発したみたいで、秘所とその周りがピクピクと震えた。

「まだ余韻が残っているんだな。これなら大丈夫だ」

ヴィクトルは蜜を纏わせた指の腹で陰芽を弱く撫でた。快感と疼きが体の奥から込み上がってくるのを感じる。

そうして彼は指での愛撫を続けチェーリアの声が甘く上擦ってくると、充血して勃《た》ち上がっている陰茎を収斂《しゅうれん》している蜜口に押しあてた。

先ほどの指よりずっと大きな圧迫感がチェーリアを襲う。狭隘《きょうあい》な孔が押し広げられていく感触は、嫌でも恐怖を覚えてしまうものだった。

「ん……、ぅ、くっ」

恐怖と痛みに耐えようと、チェーリアはギュッと目を閉じ、悲鳴をあげないよう唇を噛んだ。教本には痛くても大声を出すのははしたないと書いてあった。そんな姿をヴィクトルに見せたくはない。ところが。

「こら、目を閉じるなと言っただろうが」

動きを止めたヴィクトルに、頬をペシペシと叩《たた》かれてしまった。

ハッとして瞼を開くと、今度は鼻先をピンと指で弾かれる。ヴィクトルは笑っていた。

「痛かったら泣いても喚いてもいい。背中に爪を立てても許してやる。だから目は閉じるな」

スッと恐怖が消えて緊張が抜けたのは、彼が珍しく甘やかしてくれたからだろうか。チエーリアはヴィクトルと視線を合わせると、「泣きも喚きもしません、私は皇后ですから。けど、遠慮なく爪は立てさせていただきますわ」と、唇に浅く弧を描いてみせた。

「好きにしろ」

そう答えたヴィクトルも口もとに笑みを浮かべる。そしてチェーリアの手を取って自分の背中へ回させた。

優しい口づけが落とされると同時に、熱く太い肉塊が蜜道に押し入ってくる。

痛みと圧迫感でチェーリアは一瞬呼吸さえ忘れた。泣くつもりはないのに勝手に涙が滲み、無意識にヴィクトルの背中に爪を食い込ませていた。

「息を止めるな。深呼吸だ」

涙を舐め取るように目尻にキスをしてヴィクトルが言う。チェーリアは何も考えられないまま言われたとおりに息を深く吸い込んで吐き出した。

「いい子だ。そのまま呼吸しろ。体から力を抜け」

頭を撫でてくれるヴィクトルの手は、まるで幼子を慰めているみたいだ。けれど今はそれがチェーリアを安心させる。

呼吸が整ってくると、ヴィクトルは顔中にキスを落としながら腰を揺り動かしだした。

まだ下腹の奥の鈍痛は消えていないけれど、もう先ほどの裂けるような痛みはない。

純潔を失ったばかりのチェーリアに抽挿での快感はまだ生まれない。けれど愛撫をされていたときよりヴィクトルのことを抱きしめたくなるのは何故だろう。

爪でしがみついて抱きしめていた手から力を抜くと、チェーリアは彼を引き寄せるようにギュッと背を抱き直した。

ヴィクトルは一瞬目を見開いたが、抱擁に応えるようにチェーリアの頭を抱きしめ返してくれた。

(温かい……。気持ちいい……)

決して好きではない人なのに、彼の腕に抱かれているのが心地よくてたまらない。夫婦の初夜とはこういうものなのかと、チェーリアは密かに感動する。

ヴィクトルはチェーリアを抱きしめながら、浅い抽挿を続けた。指で擦られて快感を覚えたところを、雄茎のかさの部分で擦っていく。初めは鈍痛に掻《か》き消されていた快感が、少しずつ感じられるようになってきた。

「ん……、は、ぁ……」

紅潮してきたチェーリアの頰を、ヴィクトルが撫でる。

「少し慣れてきたか。初夜にしてはまあ頑張った方だろう、褒めてやる」

思いも寄らず褒められてチェーリアは目を丸くした。

「今夜はこのくらいにしておこう」

その言葉を合図に、ヴィクトルの腰の動きが速くなった。チェーリアの腰を両手で摑み抽挿を繰り返す。

「あ、ん……、ん……っ」

何度も蜜道を擦られ快感が蓄積していくが、チェーリアの体力はもう限界だ。ただでさえ疲れている体で初夜を迎え絶頂を覚え破瓜《はか》までしたのだ。呼吸さえ苦しくなってくる。

「もう少し頑張れ。これで終わりだ」

輪郭に汗を滑らせたヴィクトルが、深く口づけてきた。息が苦しかったがチェーリアはそれに応えるようにおずおずと舌を伸ばす。

そして次の瞬間、下腹に熱い奔流を感じると共にヴィクトルの動きが止まった。

一瞬切なそうに眉根を寄せた彼を、チェーリアはふいに美しいと思った。彼の顔立ちが整っていることはわかっているが、それでも今までで一番美しい。

ヴィクトルは息を吐き出して乱れた前髪を掻き上げると、蜜洞に埋まっていた竿《さお》をゆっくりと引き抜いた。と、同時に蜜口から熱い液体がドロッと零れる。

（……終わった。これで私たち、本当に夫婦になったのね）

チェーリアは安堵する。すぐに子ができるかはわからないが、ひとまず皇后の大きな務めをひとつ果たしたのだ。

ヴィクトルはサイドテーブルに置いてあった濡れた布をふたつ手に取ると、ひとつをチェーリアに手渡した。

「垂れてくるだろうから拭いておけ。汗を流したいなら隣の部屋に湯浴みの支度を命じてある、行ってくるといい」

差し出された布を手に取って、チェーリアはぼんやりとヴィクトルを見つめてしまった。

抱かれる前よりも彼に対する感情が温かく柔らかくなったのは、肌を触れ合わせて情が湧いたからだろうか。それとも今夜は優しい言葉を何度もかけてもらったからだろうか。

不思議に思いながらぼーっとしていると、チェーリアの視線に気づいたヴィクトルがクックと笑った。

「どうした、いよいよ俺に惚れたか？　それとも抱かれ足りないか？」

やはり彼は意地悪だと、チェーリアは少しでも温かい気持ちを抱いたことをさっそく後悔した。

「違います、疲れただけです！　もう寝ます！」

チェーリアは急いで体を拭くと、素早くネグリジェを着てヴィクトルに背を向けてベッドに横になった。けれど、やたらと自分の心音が耳に響いてうるさくて眠れそうにない。

背中越しに聞こえる衣擦れの音や気配がやけに気になるのも癪だ。

すると。

「おやすみ」

ベッドの軋む音が聞こえたと思ったら、大きな手で頭を撫でられた。

それはすぐに離れてしまったけれど、隣に彼が横になったのを感じて心が落ち着かなくなる。

「……おやすみなさい……」

呟くように小さく告げた声は、暖炉の薪が爆ぜる音に掻き消されて届かなかったかもしれない。

初めて夫と床を共にした夜、チェーリアは今まで知らなかった胸の苦しさに苛まれた。

第三章　芽生えた感情

結婚式の翌日からは、婚姻に纏わる様々な式典行事が始まった。

伝統的な宮内行事に宗教儀式、華やかな晩餐会、舞踏会、音楽会、それにオペラの記念公演。婚姻パレードは帝都だけでなく、国内の主要都市三ヶ所で行われた。都市へ移動する道中は花と言祝《ことほ》ぐ人々で溢れ、どの町や村でも祭りが開かれた。

帝都ではほぼ毎日昼には祝砲が、夜には花火が上がり、祝いの鐘が鳴り響く。

婚礼記念に国中の孤児院と病院、それに貧民救済のために祝い金が下賜され、牢《ろう》に入れられた一部の者にも恩赦が下された。

どこへ行っても熱狂的な祝福を受け、チェーリアはゲナウ帝国の皇室が国民に敬われ愛されていることを痛感する。大国としての歴史と伝統がそれを支えているのはもちろんだけれど、やはりヴィクトルの皇帝としての威光は強い。

今年で三十歳になる彼は、二十歳で皇帝に即位してから長年難攻不落と謳《うた》われてきた南方の国を制圧し、ゲナウ帝国長年の夢といわれてきた外海への港を手に入れた。

さらには外交と貿易で国の経済を右肩上がりに潤し、国民の生活はかつてないほど安定しているという。

それらがどれほど国民に感謝され称えられているのか、チェーリアは痛いほどわかった気がした。


一ヶ月に及ぶ婚姻の式典行事の最後を締めるのは、ハネムーンという体の外遊だった。

行先であるシェール国はゲナウ帝国の支配下にあり、ヴィクトルはここの象徴君主でもある。

ハネムーンとはいっても皇后の顔見せが目的であり、歓迎パレードに謁見、視察、公式晩餐会と、することは公務と変わりない。唯一、三日目から泊まった公館が山のふもとで景色がよかったのが救いか。

ハネムーン四日目の朝。

チェーリアは朝食部屋へと行かなかった。頬が痛くて水以外、摂取できそうになかったからである。

原因はわかっている。おそらく笑顔の作りすぎだ。

結婚式からずっと皇后らしくにっこりと笑顔を浮かべて振る舞ってきたが、シェール国に来てからは歓迎に次ぐ歓迎の嵐で笑顔を引っ込める暇もなかった。部屋でひとりになったときでも、顔が微笑んだ形のまま張りついてしまったみたいですぐには戻せなかったくらいだ。

多忙な行事式典の連続で疲れが出たのもあるのかもしれない。とにかくチェーリアは侍女に水とミルクだけ運んでもらって、ヴィクトルが待つ朝食部屋には行かないことにした。

しかし。

「おい。頬が痛いとはどういうことだ」

ベッドでミルクを飲んでいると、ヴィクトルがいきなり部屋に入ってきた。チェーリアは一瞬しかめっ面になりそうになったが、すぐに表情を引きしめる。

「朝食のテーブルに着けず申し訳ございません。公館の方々にはあとで私からお詫《わ》び申し上げます」

外遊先の相手が用意してくれた食事を摂るのも、外交のひとつだ。皇后としてそれが果たせなかったことは反省している。しかしヴィクトルに部屋に乗り込まれてまで説教はされたくない。

「朝食以外の予定はすべて出席いたしますので」

ヴィクトルに付け入る隙を与えたくなくて毅然《きぜん》と言いきれば、彼は無言のままベッドまでやって来てチェーリアの両頬を手で挟んだ。

「っ⁉」

「……腫れてはいないようだな。熱もない。耳下腺炎ではなさそうだ」

まじまじとチェーリアの顔を覗き込んでヴィクトルが言う。すると、部屋のドアがノックされ、さらに随行人の侍医が入ってきた。

「ふむ……。陛下の仰るとおり耳下腺炎ではなさそうですね。ちょっとした筋肉痛かもしれません。笑顔というのは案外顔の筋肉を使いますから」

ヴィクトルに続いてチェーリアの頬を摑んで覗き込みながら、侍医はそう診断した。

筋肉痛であることはわかっていたのに、なんだか大げさになったみたいでチェーリアは困惑する。

「いつ治るんだ。昼食は食べられるのか」

「半日もすればよくなるかと。温めると回復が早くなります」

「すぐに温湿布を用意しろ」

ヴィクトルと侍医の会話に、チェーリアは「あの」と割って入る。

「すぐによくなると思います。昼食会には問題なく出席しますのでご安心ください」

今日の昼食はシェールの有力貴族たちと会食予定だ。欠席するわけにはいかないし、ヴィクトルが過剰なほど心配するのもわかる。

だからこそこんなくだらないことでこれ以上騒ぎ立てるのは勘弁して欲しいと思い、チェーリアは「大丈夫です」と念を押した。

ところが、ヴィクトルにたっぷりと呆れを含んだため息を吐かれてしまった。

納得できないチェーリアは目をしばたたかせる。

「お前は俺が呼びにくるまでここにいろ、いいな」

「え？」

意味のわからないことを言われてチェーリアはさらに目をパチクリさせる。

ヴィクトルは部屋にいた侍女に何かを告げてから、さっさと出ていってしまった。どういうことか尋ねそびれ、チェーリアは小首を傾げるしかなかった。

それから数時間後。

ヴィクトルの命令で部屋から出られないチェーリアは時間を持て余し、のんびりとお茶を飲み、部屋のバルコニーでのんびりと景色を眺め、侍女たちとのんびりお喋りを楽しんだ。

侍女が言うにはヴィクトルは午後まで来ないそうだ。予定していた接見や昼食会はどうなるのだろうと思ったが、ここにいろと命じたのはヴィクトルなので従うしかない。料理長にも事情が伝わっていたのか、昼食には咀嚼《そしゃく》しないで済むスープやポタージュやゼリーが出された。

しかし昼を過ぎてもヴィクトルはやって来ず、午後の日差しにチェーリアがウトウトとまどろみそうになってきたとき、ようやく部屋の扉にノックが響いた。

「頬の様子はどうだ」

うたた寝しかけていたチェーリアはヴィクトルの声でハッと目を覚まし、椅子から立ち上がった。

「……頬？　あ、大丈夫です！　もう痛くありません」

のんびりしすぎていたせいで頬の筋肉痛などすっかり忘れていた。もちろんもう痛みもない。

ヴィクトルはチェーリアの顔を観察するように覗き込むと、納得したように小さく頷いてから「よし。なら行くぞ」と命じた。

「は、はい。今、支度を」

ようやく公務に戻るのだと理解したチェーリアは、侍女らの手を借りて急いで外出着に着替えた。

しかし、公館の玄関口で待っていたのは衛兵に囲まれた馬車ではなく、たった数人の護衛と共に立っているヴィクトルだった。

「……馬車はどうされたのです？」

「そんなものは必要ない。行くぞ」

意味がわからず唖然としているチェーリアに背を向け、ヴィクトルは歩きだす。しかもその方向は市街地とは反対方向だ。

立ち竦んでいると、侍女が「参りましょう、チェーリア様」と日傘を差し向けてくれた。よくわからないまま歩きだし、止まってくれていたヴィクトルに追いつく。

「陛下、これはどういうことなのですか？　ご説明を」

「ただの散歩に説明が必要なのか？　面倒なやつだな」

「散歩？」

思ってもいなかった答えに、チェーリアは目を丸くする。

再び歩きだしたヴィクトルの向かう先は、湖畔へと続く公館の脇道だ。確かにそこは散歩にはうってつけだろう。

「けど、これから街で博覧会の見物と挨拶が……」

「延期した。何もハネムーンの最中にわざわざ行くこともない」

「延期⁉　……ですか？」

「もともと余計な公務が多すぎるスケジュールだった。少し調整したところで問題はない」

ヴィクトルは淡々と言うが、チェーリアは驚きを隠せない。彼は気まぐれに予定を変えたりするような性格ではないはずだ。今回のハネムーンのスケジュールも秘書官らと話し合って緻密に計画したに違いない。

「あの……、もし私の頬を慮ってくださってるのでしたら、ご心配は無用ですから。もう痛みもありませんので」

まさかとは思うが頬のことを心配して配慮してくれたのかと、チェーリアは心苦しくなる。しかしヴィクトルは朝と同じように呆れをたっぷり含んだため息を吐き出すと、横目でチェーリアを見た。

「痛くないのならもうどうでもいい。ごちゃごちゃ言わずついてこい」

そんなふうに言われてしまうと、もう何も返せなくなってしまう。

結局今日のスケジュールのほとんどをキャンセルしてしまった罪悪感から、チェーリアは表情を曇らせたままヴィクトルのあとをついていった。

けれど、公館の裏手に着き開けた景色を目にしたら、そんな心の憂いは消え去っていった。

「まあ、なんて綺麗な……」

公館の窓から眺めていたときも美しかったが、湖が目の前に広がる風景は胸が震えるような絶景だった。

底が見えそうなほど澄んでいる湖には白鳥が群れで佇《たたず》み、ほとりにはスノードロップやエリカの白い花が控えめに咲いている。午後の日差しを浴びて煌めく湖面は穏やかで、まるで悠久の時の中にいるような安らぎを感じられた。

気がつくとチェーリアは吸い寄せられるように湖畔に立っていた。清涼な空気に囲まれ、体に溜まっていた疲れが流されていくように感じる。

一羽の白鳥が近づいてきたのを見て、チェーリアは思わず目を細めた。優美な曲線を持つ白鳥だが、近くで見るとなかなか愛嬌のある顔をしている。人懐っこいのかジッとこちらを見てくる白鳥に、チェーリアはクスクスと肩を揺らした。

「こんにちは、シェール国の白鳥さん。それともあなたも旅行中なのかしら」

話しかけてくるチェーリアに、白鳥は不思議そうに小首を傾げている。

清々しい空気に美しい景色、愛らしい白鳥。

チェーリアは白鳥に手を振り、足もとのスノードロップを眺め、水の透明さに感心して目を輝かせた。連日の緊張から解き放たれ、この時間を心から楽しむかのように。

そんなチェーリアを、ヴィクトルは木陰に佇んで眺めている。時折おかしそうに口もとを緩めながら。

「陛下。ご予定の方、調整いたしました。あとでご確認ください」

あとから湖畔へやって来た側近のルーベンス伯爵が、ヴィクトルのもとへ来てそっと耳打ちしてきた。ヴィクトルはチェーリアから視線を外さないまま「ああ、ご苦労だったな」と労いの言葉を口にする。

「いえいえ。もとより不測の事態を視野に入れて余裕を持たせたスケジュールですから、調整は易いものです。先方にも予め予備日ごと伝えておりましたので、何も問題はありません」

ヴィクトルの隣に並んだルーベンス伯爵は目を細め、主君の眺めている光景を共有した。

「どうせそのうちどこかで無理が祟《たた》ると思っていた。慣れない式典行事を連日こなしているのだからな。休息日を想定しておいたのは正解だった」

ヴィクトルは前を向いたまま、淡々と紡ぐ。

「ええ、正解です。しかし陛下、無理が祟る前に『無理をするな、休もう』とお声をかけてさしあげるのもまた正解だったのでは？」

「あれが素直に俺の助言を聞くと思うか？　散歩に行くだけでゴチャゴチャうるさいとい

うのに。逆に死んでも休まんと意固地になるだけだ」

「ははっ。皇后陛下は気位の高いお方でございますから」

「まったくだ。鼻っ柱の強さは大陸一だな。だが、ゲナウ帝国皇后にはそれが相応しい」

クックツと笑い混じりにぼやいた声は、風が湖面を揺らす音に紛れて他の者には聞こえない。

やがて空が茜《あかね》色に染まり始めるまで、ヴィクトルはチェーリアを満足そうに眺めて佇み続けた。


ハネムーンを以て婚姻関係の儀礼式典はいったん幕を閉じ、ゲナウ帝国にも日常が戻り始めた。

チェーリアも皇后として宮廷での日常公務が始まる。

婚約期間の六ヶ月があったおかげで、ゲナウのしきたりや作法はほとんど覚えることができた。年間の行事や式典も頭に入っているし、外交上必要な他国の言語も会話ができるぐらいには身につけた。以前ヴィクトルに言われた古ルデン語もだ。

準備の甲斐あって、チェーリアの皇后生活は滞りないスタートを切ったといえよう。

ノイラート夫人はじめ侍女たちとの仲もよいし、宮廷での人間関係も今のところ順調だ。

チェーリアには入宮のときから侍女の他に専属の女官や秘書官、近衛兵、侍従、従僕などがついている。その中でも侍従のヘス子爵はチェーリアにとてもよくしてくれた。明るく人当たりのいいヘス子爵は活発で好奇心が強く、世界中を旅して見聞を広げていたという。しかし二年前に父が亡くなり爵位を継いだのを機にゲナウへ戻り、宮廷官だった父の後を継いで自分も宮廷官になったとのことだ。

まだ二十代という若さだが、博識で頭の回転が速い彼は何かと頼りになり話も面白い。侍女たちがチェーリアの身の回りをサポートしてくれる存在なら、ヘス子爵は知識面でのサポート役だ。彼のおかげで各国の情勢などもわかりやすく理解でき、チェーリアはよい側近をつけてもらえたことに感謝した。

側近以外にも親しくなった者がいる。舞踏会で知り合った貴族の夫人たち、サロンで知り合った愛犬家の貴族夫妻、それから同じグルムバッハ一族の公女らだ。

現在このゲナウ宮殿には皇帝ヴィクトルをはじめ、彼の母である皇太后、弟の大公、叔父の大公とその妻、そして大公の娘である公女が住んでいる。

公女のヘレナはチェーリアよりふたつ年上の二十歳で、十六歳のときに一度他国の王へ嫁いだものの権力争いに負けて夫が王座を降ろされたので離婚した、いわゆる出戻りだ。夫が亡くなったり失墜したりすると離婚し祖国へ帰ってくるのは、王族にとって珍しくない。国へ残っていても大概は権力争いや戦争に巻き込まれるのだから。

ヘレナはヴィクトルのお見合いのときにも同行していたのだが、そのときのことはチェーリアはあまり覚えていない。挨拶したときは愛らしくて淑やかな女性だと思ったが、特に会話もしなかったので印象に残らなかった。

彼女との距離が急速に縮んだのは結婚後だ。婚姻の式典で何かと顔を合わせることが増えたからか、ヘレナの方からよく声をかけてくるようになった。

最初の印象どおりヘレナは淑やかで、けれど愛想のよい女性だった。顔立ちも整っていて、ヴィクトルと同じブルネットの髪がいっそう彼女の品格を引き立てている。

その容姿と性格からか、社交界でもヘレナは人気があるようだった。それについてはチェーリアもとても納得できるのだが、意外なのがヴィクトルも彼女に対しては若干態度が柔らかいことだ。

宮殿で共に育ってきたふたりは従兄妹というより兄妹に近いのかもしれない。実際、ヘレナはヴィクトルをとても好いているように見えた。彼女の口から「陛下はああ見えて可愛いところがありますのよ」「幼い頃から一緒だったので陛下のことならなんでも知ってますの。陛下は私が唯一心から尊敬するお方です。ああ、私が男だったらもっと陛下のおそばにいられたのに」などの話を聞いたこともある。

ヴィクトルのような傲慢な男をそんな好意的な目で見られるなんて、と驚く気持ちもあったが、少しだけ理解できる気もする。

ゲナウ帝国へやって来て八ヶ月が過ぎ、チェーリアはだんだん気づいてきた。この宮殿が皇后にとって最適な環境が整えられているのは、おそらくヴィクトルの指示によるものだと。

皇后側近の人選もそうだし、そもそも結婚の半年前から宮廷に馴染《なじ》むよう皇后教育を提案したのも彼だ。それらはすべてチェーリアにとってよい結果をもたらしている。

彼は決して自分の口からそれを誇り驕《おご》ることはない。そんなところは人として尊敬に値するとチェーリアは思うと共に、彼に感謝もしている。

だからといって彼を可愛い人だとはこれっぽっちも思わないけれど。

一方のヴィクトルは特にヘレナについて語ることはないのだが、少なくともチェーリアにするようなからかいや不遜な態度は彼女にはしない。ヘレナが何か話しかければ邪険そうにすることもなく受け答えをする。それがたわいない雑談だとしても。

そんなふたりの様子を見るたび、チェーリアは（仲がよろしいこと）と心の中でこっそり毒づく自分に最近気づいた。

従兄妹同士の仲がよいのは大変よいことなのに、ふたりを見るとなんとなく心が尖ってしまう。その気持ちが自分だけ血縁者ではないという疎外感かもしれないと考えたとき、チェーリアは己の心の未熟さに辟易《へきえき》としたのだった。


四月。

二ヶ月後にゲナウ帝国で、大陸の主要五ヶ国を集めた連合会議が開かれることが決まった。

いわゆるホスト国となったゲナウ宮廷は、重要な客をもてなすためにてんやわんやである。

会議とはいっても夜は晩餐会や舞踏会で華やかな時間を提供するのが当然だ。むしろそちらの方が重要ともいえる。もてなしの豪華さやいかに洗練されているかによって国力を計られるのはもちろんだし、会議では公に話せなかった国同士の駆け引きが舞踏会の雑談でこっそり交わされたりもするのだから。

そしてもてなしを仕切るのは女主人だと昔から相場が決まっている。

結婚三ヶ月にしてチェーリアはさっそく皇后としての大仕事を任されることになったのだった。しかし。

「ここ三年で主要五ヶ国が集まったときの晩餐会メニューをすべて調べてちょうだい。それから西部と北部の小麦をそれぞれ取り寄せて、どちらを使うか料理長と決めるわ」

普段の公務に加えもてなしの準備で大忙しだというのに、チェーリアは動じないどころかむしろ活き活きしている。

チェーリアは好きなのだ、頼られることや任されることが。その責任が大きく、成功したときの功績が大きいほど俄然《がぜん》燃えてくる。

それに婚約してから今日まで皇后として学んできたことが発揮される場だ。絶対に成功させて、ヴィクトルに『お前は素晴らしい皇后だ』と認めさせてやりたい。

心配性なノイラート夫人は相変わらず「何もそこまでしなくても、侍従らにお任せしてもよいのですよ」と窘めてきたが、当然そんなことはしない。今回のもてなしにはゲナウ帝国皇后の威信がかかっているのだから。

しかし、いくら頑張ったところでひとりではどうにもならないこともある。

ある日のこと、チェーリアは晩餐会でのメニューの組み立てに四苦八苦していた。

「ああ、もう。なんだかしっくりこないわ」

執務机の上には献立の案を書き記した紙が何枚も散らばっている。まとまらない考えに頭を掻きむしりたくなってきた。

献立がしっくりこない理由はわかっている。デザートが決まらないのだ。

料理やワインももちろん大事だが、晩餐会で振る舞われるデザートはまさにもてなし側のセンスが問われる。晩餐会でのもてなしのために開発されたデザートが絶賛され、一躍流行となり、そのまま国の定番菓子になった例も多々あるほどだ。

チェーリアもこの晩餐会のために新しいデザートを菓子職人と考えていた。しかしどうもいいアイデアが出てこない。

「……他の国のお菓子事情がもっと知りたいわ」

机に頬杖《ほおづえ》をついて思わず呟く。皇后になってから幾つかの国へ外遊に行ったし、異国の菓子について書かれている本も読んだけれど、それでも情報が足りない気がする。

「ヴィクトル様に相談してみようかしら」

独り言ちて、チェーリアはすぐさま頭を横に振った。多忙な彼の手を煩わせるわけにはいかない。それにこれは皇后の仕事だ。夫に泣きつく情けない皇后だと思われたくなかった。

すっかり行き詰まっていたチェーリアだったが、ふと、いいことが思い浮かんだ。

「ヘス卿《きょう》なら詳しいかも……！」

ヘス子爵は大陸の様々な国へ行ったことがある。宮廷菓子しか知らないチェーリアと違って、教会や街で食べられている菓子も知っているかもしれない。

チェーリアはさっそくヘス子爵を部屋に呼んだ。

「僕でよければお力になれるかもしれません」

快諾してくれたヘス子爵に、チェーリアは心からお礼を言った。予想どおり彼は様々な国の流行の菓子を見てきたという。

「カフェなどで人気なのはタルトやパイですね。フラシカではベリー入りのものが、バロンソアではチェリーが入ったものが主流でした。国の特徴が出ますね。上流階級でない庶民には焼き菓子が人気です。教会などは余った小麦とナッツやチーズなんかを一緒に焼いていました」

「なるほど……」

ヘス子爵から色々な菓子の話を聞き、チェーリアは思わず唸った。やはり違う角度から物事を見るのは大事だ。いいアイデアが生まれそうな気がする。

「チーズはいいわね。メルデーニャからチーズを送ってもらってケーキやスフレにしましょう。そこにゲナウ産のプラムのソースやチョコレートのソースをかけるの。どうかしら？」

「素晴らしいですね。他にも薔薇のシロップでも華やいだ印象になりそうです。皇后陛下の女性らしいお心遣いが伝わるかもしれません」

「素敵！　最高のアイデアよ、ヘス卿。どうもありがとう」

晩餐会の献立にピタリと合いそうなデザートが決まって、チェーリアは顔を綻ばせて喜んだ。やはりヘス子爵に相談してよかったと思う。

喜色満面のチェーリアに熱くお礼を言われて、ヘス子爵は頰を染めると「お役に立てて光栄です」とはにかんだ笑みを浮かべた。


連合会議の準備は着々と進んでいく。

チェーリアは舞踏会の選曲や楽団の手配、それに晩餐会の献立など決まった企画をヴィクトルに承認してもらうため、書類を持って彼の執務室までやって来た。

舞踏会の準備にも晩餐会の献立にも自信があるが、一番見て欲しいのはやはりデザートだ。あれからヘス子爵と料理長とも相談し試作を重ね、素晴らしい逸品ができた。書類での承認を得られたら、ヴィクトルにも試食してもらうつもりだ。

「連合会議の晩餐会と舞踏会の企画です。どうぞご確認くださいませ」

チェーリアが書類を差し出すと、ヴィクトルは決裁していた請願書を後回しにしてそれを受け取り目を通し始めた。

ヴィクトルは口を噤《つぐ》んだまま、書類を捲《めく》っていく。静まり返った部屋で、チェーリアは彼の執務机の前に立ったままドキドキと胸を逸らせた。企画すべてに自信はあるが、やはり厳しいヴィクトルのチェックを受けるのは緊張する。

数分後、最後の一枚を確認し終えたヴィクトルは「問題ない」とだけ言って、書類の下部にサインを入れた。チェーリアはホッとして思わず頬が緩む。

「ありがとうございます。あの……デザートはこのために新しく開発したのですが、よろしければ陛下もご試食を」

上機嫌で話しかけたチェーリアだったが、「いらん」というヴィクトルの吐き捨てるような拒否に、驚きで笑顔のまま固まってしまった。

「え……？　ええと、デザートに何か問題でも？」

「問題はない。試食も必要ない」

ヴィクトルはチェーリアの方を見ようともせず、先ほどの請願書の決裁を再開した。明らかに不機嫌だ。

何故彼が怒っているのか理由がわからず、チェーリアは戸惑う。

「では他に何か不備がありましたでしょうか。それならご教示を――」

チェーリアがそこまで言うと、ヴィクトルは持っていたペンを投げるようにインク壺《つぼ》へ放って顔を上げた。しかしその瞳は仄暗《ほのぐら》く、眉間には深い皺が刻まれている。

「俺は忙しい。教えて欲しいことがあるならヘス卿に相談すればいいだろう。頼りになるのだろう？　ヘス卿は」

「……申し訳ございません。お忙しいところ失礼いたしました」

ヴィクトルの不機嫌な圧に押され、チェーリアはこれ以上問い詰めることもできず部屋を出ていった。

（何を怒っているのか知らないけど、あんな突き放すような言い方しなくったっていいじゃない。こんなに頑張ったのに。……褒めてくださると思ったのに……）

執務室のドアの前で、チェーリアはサインをもらった書類を抱きしめたまま唇を尖らせる。

結婚して数ヶ月が経ち、ヴィクトルのことを少しは理解できたつもりだった。皇帝の義務だとしても、彼の気遣いには胸が温かくなった。それなのに、今日はたちまち彼のことがわからなくなってしまう。

深くため息をついて廊下を歩きだしたチェーリアは知らない。

背後の扉の奥では同じようにヴィクトルがため息を吐き、「……可愛げのないやつめ」とぼやいたことを。

昼間にそんなことがあったせいか、なんとなく顔を合わせづらいと思いながらチェーリアは夫婦の寝室へ向かった。

時間は夜の十二時。今日もやるべきことを終え、充実した気持ちで一日を終えるつもりだったのに。ヴィクトルのせいでなんとなく心がスッキリしない。

「あ……」

寝室に入ると、すでにヴィクトルが来ていた。彼の方が先に来ているのは珍しい。

「今夜はお早いのですね。お待たせしてしまったかしら」

ヴィクトルは椅子に腰掛けワインを嗜《たしな》んでいたが、チェーリアが部屋に入っていくとジッと視線を送ってきた。

（……何？）

無言のまま観察するようにまじまじと眺められ、チェーリアは戸惑う。だが彼は別に怒っているようではなさそうだ。それはそれで意味がわからずますます困惑するが。

「あの……、私の顔に何かついてますか？」

あまりにも見つめてくるものだから、チェーリアは彼の正面に立って小首を傾げた。

するとヴィクトルは「いや……」と小さく呟いてから視線を外し、考え込むように口もとに手をあてた。

「……やはり何かの間違いだろう」

「え？　何か仰いました？」

「いや、なんでもない。ベッドへ行こう」

どうも今夜のヴィクトルは様子がおかしい気がする。不思議に思いながらもチェーリアは羽織っていたナイトガウンを脱ぎ、彼に続いてベッドへと上がった。

彼と床を共にするようになって数ヶ月。いささか慣れてきたとはいえ、組み敷かれる瞬間は未だに緊張する。

「ん……」

熱い夜はベッドでのキスから始まる。キスとは不思議なもので、慣れれば慣れるほど胸が高鳴り体が熱くなった。

今夜もチェーリアはドキドキと鼓動を逸らせる。ヴィクトルに優しく唇を舐められ、舌をじっくりと絡め合わせられると、昼間の理不尽に対する燻《くすぶ》りが溶けてなくなっていくような気がした。

月が傾き始める頃、チェーリアは疲れきった体を横たわらせ眠りに落ちようとしていた。

ヴィクトルは隣で頬杖をついた姿勢でチェーリアの顔を眺めている。その表情は穏やかだ。

「おやすみなさい……あっ」

瞼を閉じかけたとき、チェーリアはふと思い出したことがあって目を開いた。

「お伝えするのを忘れていました。舞踏会場の新しいシャンデリアの発注、帝都のプライス工房に決定しました」

昼間に持っていった書類には未定と書いてあった。その後に決まったのだが、書類を修正する前に報告しておこうと考えていたことを思い出したのだ。

よく考えたら何も寝る間際にする話でもないなと思ったが、ヴィクトルは素直に感心した表情を浮かべた。

「ほう、プライス工房か。よく今から引き受けてくれたな。あそこの硝子《がらす》製品は特殊加工が人気だが手間と時間がかかるので予約が詰まっていると聞いたが」

「ヘス卿が交渉してくれたおかげです。彼は交渉術にも長けているので」

意気揚々とチェーリアが話すと、ヴィクトルの表情がスッと感情を失くした。

「……」

「……ヴィクトル様？」

ヴィクトルは黙ったままだ。彼の反応にどうしていいものかチェーリアは戸惑う。

するとヴィクトルは突然身を起こしたかと思うとチェーリアに覆い被さり、剥き出しになっていた華奢な肩口に口づけた。

「えっ？　あ、いたっ」

覆い被さられただけでも驚いたのに、肩に痛みを感じ、チェーリアは目を見開く。

どうやら歯を立てられたらしい。ヴィクトルが離れた肩には微かに噛まれた痕が残っていた。

何故そんなことをするのかわからず動揺していると、両手首を摑まれた。身動きが取れない状態にさせられた上、今度は首筋にも歯を立てられる。

「きゃっ。……ヴィ、ヴィクトル様？」

「やはりお前は可愛くないな」

「え？　はぁ？」

いきなり噛まれた上に『可愛くない』などと言われて、チェーリアの感情が戸惑いから憤りに変わる。

「なんなのですか。私がヴィクトル様のご不興を買ったのなら、はっきり仰ってください」

ヴィクトルは首筋から離れチェーリアを見下ろすように見つめたが、その眼差しからもスンとした表情からも、気持ちを測ることはできない。おまけに彼は何か言おうと口を開きかけたのにすぐに噤んでしまい、無言のまま胸の柔肌に噛みついて浅く歯型を残した。

（もうっ！　機嫌を損ねた猫じゃあるまいし、あちこち噛んでばかり！　さっぱり意味がわからないわ）

すっかり呆れたチェーリアだったが、体は裏腹に熱を帯びてくる。

ヴィクトルの甘噛みは血が出るほど強くはないが、軽く痛みを感じる程度だ。その淡い痛みを首筋や胸や腹部に残されるたびに、どうしてか体がジンジンと熱くなってくる。

「もう、やめて……」

太腿の内側を噛まれたときに、一番熱く体が痺《しび》れた。しかもヴィクトルは自分がつけた歯型をなぞるように舌で撫でる。熱く淡い痛みと、もどかしくてくすぐったい刺激に、チェーリアはたまらず吐息を震わせた。

「は……っ、ぁ」

ヴィクトルはチェーリアの体中を甘噛みし、舌で舐め、強く吸った。健康さと清純さを兼ね備えた白い肌は桜色に火照り、妖艶な赤い痕と噛みつかれた痕が点々と残る。

そうしてどれくらいの時間が経っただろう。気がつけばチェーリアの腿の間からは淫らな露が溢れ零れていた。

「……もうおやめになってください……」

蚊の鳴くような声で訴えるチェーリアの息は弾み、瞳は潤んでいる。

そんな乱れた妻を見て、ヴィクトルは微かに口角を上げた。

「いい姿だ」

呟いた彼の瞳の奥に、妖しい光が灯る。そこにどんな感情が籠められているかわからないが、まるでようやく獲物を仕留めて満足している獣のようだとチェーリアは思った。

ヴィクトルはチェーリアの腿を持ち膝に甘噛みしながら、自分の体を脚の間に割り込ませた。そしてすでに濡れそぼっている花弁の真ん中に、屹立《きつりつ》している己の雄を押しつける。

「……っ！　また、されるのですか――ぁあんっ！」

チェーリアの言葉を無視して、雄茎が蜜洞を貫いた。

まだ先ほどの性交から一時間も経っていない。情熱の残滓《ざんし》を宿した蜜洞は、抗うことなく彼の肉塊を呑み込んだ。

「あ、ぁあ……っ」

初夜に破瓜を迎えてから数ヶ月が経ち、無垢そのものだったチェーリアの体も夜の悦びを知るようになってきた。

しかし今夜は何かが違う。蜜道の敏感なところを肉竿で抉《えぐ》られるたびに、体中の噛まれた痕がジンジンと痺れるようだった。それはあまりに強烈な刺激の快感で、チェーリアの思考が悦楽一色に染まりそうになる。

「あっ、あっ、あぁっ」

全身が熱くて、下肢の間から絞り出したように蜜が止まらない。チェーリアは無意識に彼の竿を締めつける。

「ははっ。いい姿だ。いつまでも子供だと思っていたが、そんな快楽にとろけたような顔もできるとはな」

ヴィクトルが嗜虐的な笑みを浮かべる。彼の言葉がチェーリアは恥ずかしくてたまらず、思わず両手で顔を隠した。自分がどんな顔をしているかはわからないけれど、きっと酷くはしたない顔をしているに違いない。

するとヴィクトルは「おい、隠すな」と手を除けさせようとしてきた。チェーリアが手に力を籠めそれに抗うと、彼は呆れたように息を吐き出し、いったん雄茎を引き抜いた。

「顔を見られるのが嫌なら精々いい声で鳴け」

そう言ってヴィクトルは軽くチェーリアの体をひっくり返す。うつ伏せにさせられたチェーリアが目をまばたかせる間もなく、今度は後ろから陰茎で突かれた。

「いあぁっ！」

馴染みのない体勢での刺激に、悲鳴にも似た嬌声があがった。

ヴィクトルはぴったり体を重ねるように後ろから覆い被さると、チェーリアの華奢な肩

に噛みついた。

「ひぁっ」

後ろから突かれながら肩や首筋や耳朶《じだ》に歯を立てられ、チェーリアの体が壊れそうなほどの愉悦で満たされる。淡い痛さは鳥肌が立つほどの快感に変わり、全身が燃えるように熱い。

「あぁっ、やっ、あぁ駄目っ」

もう何も考えられず、はしたない声ばかりが漏れていく。するとヴィクトルは手を伸ばし、チェーリアの胸の頂をキュッと押し潰すように摘まんだ。いつもより強いその刺激は痛みさえ感じるのに、今は視界がチカチカするほどの強烈な快感でしかない。

「あ、ぁあああーっ！」

大きすぎて抗えない悦楽の波に呑まれ、チェーリアは絶頂に達した。意識が一瞬吹き飛び、全身がビクビクと跳ねるように震える。

止めてしまっていた呼吸が戻ると同時に、全身が脱力した。あまりに大きな絶頂だったせいか、体に力が入らない。それどころか頭が朦朧《もうろう》として、このまま意識を失ってしまいそうだった。

けれどヴィクトルは楽しげに口角を上げると、チェーリアの髪を捲ってうなじに噛みつきながら言った。

「どうした、まだ終わりじゃないぞ。もっと喘《あえ》げ。もっと乱れて俺の欲を搾り取ってみせろ」

まだ余韻に小さく震える蜜洞を、ヴィクトルの剛直が激しく穿《うが》つ。限界を超えた快感は苦しく、チェーリアは涙を流して背を反らせた。

「いや……っ、もう、もう無理です……！　あぁあっ、許してっ」

限界まで上り詰めた快感が逃げ場のない体の中で暴れ回る。強張ったように全身に力が入り、呼吸がうまくできない。それなのに下腹の奥は敏感に刺激を捉えてしまい、またも絶頂を迎えてしまう。

「やぁあっ！　もう嫌ぁあっ」

下肢がガクガクと震え、膣孔《ちつこう》が勝手に彼の剛直を締めつける。まるで自分の下半身ではないみたいだ。しとどに溢れた露がシーツを濡らし、はしたない染みを作っていく。

ヴィクトルは最後に首筋に噛みつきながら、チェーリアの中で精を放った。いつもより熱く激しく放たれた気がする。

ようやく終わったと安心したけれど、雄芯を引き抜かれた蜜口は収斂が止まらない。ヒクヒクと蠢《うごめ》きながら、ヴィクトルの吐き出した白濁液を零す。

うつ伏せてぐったりとしているチェーリアの媚肉を指で開きその光景を見ながら、ヴィクトルはフッと笑みを浮かべ独り言ちた。

「これでいい」

彼は昼間から胸の奥で燻っていた不快な気持ちが、ようやく掻き消えていくのを感じた。糸が切れたように眠りに落ちてしまったチェーリアの髪を優しく撫で、「おやすみ」と囁く。涙の痕が残る寝顔を見て、ヴィクトルは今まで感じたことのない胸の締めつけと歓喜を覚えた。

生意気で、弱ったところを見せたがらない勝ち気な妻。ヴィクトルは彼女のそんなところは嫌いではない。

だが、夫である自分には弱みを見せないくせに、他の男には素直に頼ることは癪にさわった。しかもその成果を誇らしげに語る姿には苛立ちさえ覚える。

そう思う心が〝嫉妬〟なのだとルーベンス伯爵に指摘されたとき、ヴィクトルはにわかには信じられなかった。自分が嫉妬など人間くさい感情を持つ男だとは思っていなかったからだ。

生まれたときから大帝国の帝位を約束され、それに相応しい教育を施されてきた。個の感情より優先すべきは公の規律。厳格に、いついかなるときでも公正であれ。それが皇帝ヴィクトルを作り上げてきた礎だ。

チェーリアに対しても政略結婚の妻であり帝国皇后以上の感情はなく、それ以上を望んでもいない。高貴でエレガンスに、そしてしなやかで逞しく。帝国皇帝ヴィクトルの隣に立つのに相応しい女であればそれでよかった。

彼女が皇后らしくいられるために配慮するのは夫としての義務であり、彼女の名誉を守るのもまた同様だ。そこに個人としての感情は特にない。

だからヴィクトルは見返りも求めない。チェーリアに感謝され、崇められようとも好かれようとも考えたことなどなかった。

それなのに彼女の感謝と敬意が他の男に向くと非常に苛立つ矛盾。

その不可解な気持ちに〝嫉妬〟という名がつくことを、ヴィクトルは驚きですぐには受け入れられなかった。

しかし、今宵彼は知った。自分にも他の人間と同じ、未熟で愚かな感情があるということを。

「やはりお前は面白い。俺に嫉妬などというくだらないものを抱かせた人間は、お前が初めてだ」

寝入ってしまったチェーリアの髪を何度も撫でながら、ヴィクトルは目を細めた。

掛けてやった布団から覗く白い肩には、まだ噛み痕が残っている。痛々しく哀れだと思う心もあるが、それ以上に満足な気分だ。体中に己の痕を刻んでやったことにも、彼女に新たな悦びを芽生えさせたことにも、充足感を覚える。

ヴィクトルは撫でていた髪をひと房手に取り、そこにキスを落とした。

「これでいい。俺のチェーリア」

眠る妻に届かない想いを吐いて、ヴィクトルはベッドサイドのランプを消すと静かに目を閉じた。

六月。

初夏の風薫るゲナウの帝都に、大仰な装いの馬車が列を連ねてやって来る。

いよいよ大陸主要五カ国による連合会議が始まるのだ。

ゲナウの帝都は街をあげて参加国を歓迎した。要人の乗った馬車が通る沿道で、人々は花を投げ各国の国旗を振って歓迎の気持ちを示した。

街はお祭り騒ぎで広場には屋台も出ている。浮かれた子供たちが軍楽隊の真似をして玩具のラッパを吹きならし、沿道の靴下屋は紙吹雪に紛れて店の広告をばら撒いた。

各国の要人らが全員揃えば、さっそく歓迎式典が始まる。

会議の始まる前夜、ゲナウの宮殿では華々しい晩餐会が開催された。

晩餐会の主催は皇帝皇后両陛下という名目だが、実際は皇后の管轄だ。訪客はもちろん国内の貴族らも新たな皇后になったチェーリアの辣腕に注目していた。

晩餐のメニューは雉《きじ》や仔牛などを使った肉料理に、自慢のゲナウ産の新鮮な野菜をふんだんに添えた。もちろん各国の要人の嗜好も把握し取り入れている。

見目も美しくもてなしの心が感じられる料理に訪客らの頬も緩み、晩餐会は和やかな雰囲気で進んだ。――ところが。

「あっ、痛っ!?」

その声が場の空気を一変させた。発したのはグルムバッハ家の一員として同席していたヘレナ公女だ。

皆の注目を集める中、ヘレナは口もとを押さえた手をそっと下ろした。その手のひらには血のついた小さな欠片のようなものが乗っている。それを見て、チェーリアは顔をサッと青ざめさせた。

「スープに硝子が入っていたみたい……」

困ったように言ったヘレナの言葉に、テーブルに着いていた参加者たちが眉を顰《ひそ》めざわつきだす。そばに控えていた侍従らがすぐにヘレナを席から立たせ、切れた口の治療のため別室へ連れていった。

国賓を招いた晩餐会での、異物混入。これはとんでもない大失態だ。粗雑な料理を出したと思われかねない上、毒物の混入まで疑われかねない。責任は厨房と料理人だけでなく、チェーリアにも問われてくる。

困惑した顔でスプーンやフォークを置き始めた客らを見て、チェーリアは動悸《どうき》を激しくさせた。食材には十分に注意を払ったし、厨房にもいつも以上に気をつけるよう指示した。そもそも普段の食事でも異物が混入したことなど一度もないのに、どうしてよりによって今そんな問題が起こるのか。

チェーリアは混乱した。客たちの不安を鎮めるため何か言わなくてはいけないのに、冷静になれなくて言葉が出てこない。焦っていると、侍従のひとりがヴィクトルとチェーリアの席までやって来て、布に包んだものをそっと渡してきた。

「こちらがヘレナ様の皿に混入していたものです」

布を開いて見ると一センチにも満たない小さな硝子の欠片が出てきた。

どうしてこんなものが入ってしまったのか、チェーリアにはわからない。けれど晩餐を中止にし詫びなければと思い、震える手を握りしめて椅子から立とうとした。そのとき。

「ご安心ください。ヘレナ公女の皿に入っていたのは魚の鱗《うろこ》です」

ヴィクトルが硝子の欠片を指で摘まみ上げ、客たちに見えるようにそれを掲げた。

「え……」

チェーリアが啞然としていると、彼は小声で「今のうちにスープの皿を下げ、デザートを」と指示した。チェーリアは慌てて頷き、給仕係らに命じる。

「スープに使った団子の材料は、鱗の硬い鯛《たい》です。ヘレナ公女は運悪く硬い鱗で口の中を切ってしまったようだ」

堂々と言ってのけたヴィクトルの言葉に、客らは顔を見合わせ、だんだんと笑みを取り戻し始める。「魚の鱗ならば仕方ない」と納得したような会話が交わされ始めた。

遠目からは小さな欠片が硝子なのか鱗なのかはほとんど見えなかっただろう。けれど客たちはヴィクトルの言うことを信じた。彼が厳格で公正であることは有名だからだ。

テーブルには仕切り直すように華やかなデザートが並べられ、不穏だった空気はあっという間に消え去った。

デザートに沸く客らを笑顔で眺めながら、ヴィクトルは硝子の欠片を布に包み側近のルーベンス伯爵に手渡して、極秘に保管するよう密かに指示する。

笑顔でデザートを褒め称える客たちを目の前に、チェーリアは安堵で涙が滲みそうになった。テーブルの下に隠した手はまだ小刻みに震えて、手のひらは汗に濡れている。

するとその手をヴィクトルにふいに握られた。

「微笑め。それがお前を守る盾だ」

ヴィクトルは正面を向いたまま、チェーリアにだけ聞こえる小声で話す。握られた手は優しく包み込まれるようで、自然と震えが止まっていった。

チェーリアは顔を上げると、とびきりに愛想よく高貴な笑みを浮かべた。

「本日のデザートは宮殿で育てた薔薇のシロップを使っていますの。明日は皆様を庭の薔薇園にご招待しますわ」

「まあ、とてもロマンチックですこと」

「宮殿ご自慢の薔薇園を拝見できるとは光栄ですな」

皇后の言葉に、客たちは嬉しそうに賑わう。それを笑顔で眺めながら、チェーリアは隣に座るヴィクトルに囁くような声で告げた。

「ありがとうございます……ヴィクトル様」

彼がこの窮地を救ってくれたのは、国の名誉を損なわないためだ。そんなことはわかっている。

けれど、今ほど彼が夫でよかったと思ったことはない。弱々しい手を包んでくれる大きな手のぬくもりが、心にまで染みて胸を震わせる。

やがてヴィクトルは何も言わず、握っていた手をゆっくりほどいた。それを少し寂しく思いながらも、チェーリアは晩餐会の最後まで笑みを浮かべ続けた。


「厨房は総点検いたしましたが、窓や食器が割れた形跡はございませんでした」

晩餐会後、厨房にやって来たヴィクトルとチェーリアにルーベンス伯爵はそう報告した。

「となると、調理後に混入したのではなく食材に交じっていたか」

眉根を寄せ思案しながら言ったヴィクトルに、「それはございません」と同時に首を横に振ったのは料理長とチェーリアだった。

「我々も今宵の料理がどれほど大きな意味を持つのか、重々承知いたしております。食材は料理人全員でひとつひとつ入念に点検いたしました」

「私も晩餐会前に何度も厨房を確認しにきました。ですから料理長の言うことは本当です」

ふたりが必死に説明するのを聞いて、ヴィクトルは大きく息を吐き出す。

「……ならば、調理後に誰かが意図的に混入を――」

真剣味を帯びた声で言いかけたときだった。

「陛下！」

ヴィクトルへ呼びかけながらヘレナが厨房に入ってきた。

「ヘレナ様。もうお怪我は大丈夫ですか」

チェーリアが心配して駆け寄るとヘレナは「はい、もう血は止まりました」と眉尻を下げて微笑んでみせた。

「このようなことになってしまって申し訳ございません」

食材に不備があったとは思えないが、晩餐会の責任者としてチェーリアは心苦しく思う。スープに硝子が入っていたなどさぞかし恐ろしかっただろうし、もし飲み込んでしまっていたら大変なことになっていたはずだ。

それなのにヘレナは責めることもなく「お気になさらず、皇后陛下」と優しい言葉をかけてくれた。……しかし。

「初めて大きな晩餐会を任されたのですもの、失敗があっても仕方がありませんわ。皇后陛下はまだお若いのですから、すべてに目を配れないこともございますでしょう。むしろ怪我をしたのが私でよかったです。もしお客様のお皿に硝子が混入していようものなら、ヴィクトル陛下のお顔に泥を塗るような事態になっていましたから」

どうやらヘレナはチェーリアの不手際だと思っているらしい。責任者としてはもちろん失態だが、努力不足のような言い方をされるのは少しつらかった。

「……本当に、私の不徳の致すところです。ヘレナ様の深いお心に感謝いたします」

けれどどんなに努力したところで事故が起きたことは確かだ。チェーリアは己の不甲斐なさに手をギュッと握り込み、ヘレナに頭を下げた。

「ヘレナ。怪我の詳細を話せ」

ヴィクトルに声をかけられて、ヘレナはパッと彼の方に向き直った。

「はい、陛下。唇と舌を切ったようです。もう血は止まっていますが、ご覧になりますか？」

そう話しながらヴィクトルの前に立ったヘレナは、自分の唇を指さす。ヴィクトルは「ああ、少し見せてくれ」と言うと、彼女の顎を軽く摘まんで顔を上向かせた。

ヴィクトルは顔を近づけ、唇の切れた痕をじっくりと観察している。

その様子を見ていたチェーリアは、胸の奥に不快な何かが広がっていくのを感じて思わず目を逸らした。

（……口づけじゃあるまいし、そんなに近づかなくても……）

己の心が毒づいたことに気づいて、チェーリアは猛省する。怪我をしたヘレナとそれを心配するヴィクトルに向かってなんて酷いことを思うのだと、自分の心の醜さにショックを受けた。

「傷は深くはないようだな。歯茎や頬の内側は大丈夫か」

「はい。ご心配なく」

ヴィクトルは手を離すと、ハンカチを取り出して「まだ少し血が滲んでいる。大事にしておけ」とヘレナに手渡した。ヘレナはそれを受け取り嬉しそうに頬を染める。

そんなふたりのやりとりを見て、チェーリアの胸は不快を通り越してズキリと痛んだ。

「あ、あの。舞踏会の準備がありますので私は先に失礼いたしますね」

これ以上ふたりと共にいたくなくて、チェーリアは踵を返すと逃げるように厨房を出ていった。

足早に廊下を歩きながら、チェーリアは嫌な鼓動を響かせる胸をギュッと手で押さえる。

(どうしてこんな気分になるのかしら。あのふたりの仲がよいのはいつものことなのに、なんだか今日は……胸が苦しくなる……)

さっきのヴィクトルとヘレナの姿を思い出すと、得体のしれない苦しさが込み上がってくる。その上料理への異物混入のことを考えると不安や自責の念も湧き上がってきて、情緒が掻き乱れた。

自分でもどうにもできない苦しさを抱えたままチェーリアは唇を噛みしめると、帝国皇后の義務を果たすため舞踏会の準備へと向かった。

晩餐会での騒動はヴィクトルが機転を利かせたおかげで大事にならずに済んだ。

しかし中には、魚の鱗といえど料理に手落ちがあったことや、咄嗟に対応できなかったチェーリアに厳しい目を向ける者たちもいた。

「やはり小国の、しかも歴史もない新興国の王女には、帝国皇后など荷が重かったのではないのか」

「これほどの規模の晩餐会を仕切るのは手練れの王妃でも難しい。皇后が若すぎるのが問題だ」

「チェーリア皇后は美しいが、見た目もどことなく幼い。各国の王妃らと比べると未熟さが際立ちますな」

楽団の奏でる音楽と人々の和やかな声で賑わう舞踏会場の一角でそんな会話を交わすのは、フラシカ王国の外務大臣セルペットと外交団だ。

連合国とはいえ皆が皆、ゲナウ帝国や皇帝皇后に好意的なわけではない。そういった輩にとっては今夜の晩餐会での出来事はゲナウ帝国の新皇后を貶める絶好の機会だった。

「まあまあ、お手柔らかに。しかしチェーリア様にはいささか荷が重かったことは事実。人にはそれぞれ相応というものがありますから。チェーリア様が悪いのではございません。ただ帝国皇后の座というのは、小国の王女が務められるほど易いものではないというだけでございます」

チェーリアを貶める者たちに交じって宥《なだ》めているのは、ゲナウ帝国の宰相ミュラー侯爵だ。彼の言い分に、セルペット大臣たちも頷いて同意する。

「やはり帝国皇后にはもっと相応しい姫君が――」

ミュラー宰相がそこまで言いかけたときだった。

会場がわっと歓声に沸き、人々が壇上に注目する。

壇上に登場したのは主催者であるヴィクトルとチェーリアだった。チェーリアはドレスを舞踏会用のものに着替えている。

先ほどの晩餐会では上品で清楚《せいそ》な印象の水色のドレスだったが、今度は一転してワインレッドの艶やかなスタイルだ。胸もとにはドレスと同じ絹サテンで作られた大ぶりの薔薇が飾られ、大胆なデザインが目を引いた。メイクもそれに合わせ濃く赤い口紅が塗られているが、はっきりとした顔立ちのチェーリアにはよく似合っており、気高く妖しい美しさを漂わせていた。

客らはもちろん、先ほどまでチェーリアを貶していた者たちも一瞬言葉を失う。

チェーリアが昨今の主流である小花柄や明るい色のドレスではなく、敢えて艶めく印象のドレスを着てきた衝撃はそれほどまでに大きい。しかも色香を感じるのにまったく品性を損ねていないのだ。誰もがチェーリアの洗練された姿に感嘆し、そのスタイルが時代の

最先端をいくものだと感じた。

「……！　あれは、〝ゲナウの至宝〟では⁉」

セルペット大臣が息を呑んで注目したのは、チェーリアのつけているネックレスだ。大小の五百以上ものダイヤを連ねた、ゲナウ帝国が誇る国宝で〝ゲナウの至宝〟と呼ばれている。代々皇后が受け継ぐものだが、戴冠式や結婚式などよほど大きな式典でしか身につけることはない。

それをこの舞踏会につけてきたということは、皇后の最大のもてなしでもある。訪客を敬い心から歓迎していると示しているに他ならない。

数分前までチェーリアを嘲り笑っていたセルペット大臣たちは、口を噤まざるを得なかった。最大級の歓迎を示している皇后に敬意と感謝を払わないことは、己の品格をも貶める。

しかも〝ゲナウの至宝〟は今夜のチェーリアの出で立ちに、これ以上ないほど似合っていた。妖艶なドレスが下品にならず、着ている者の高貴さを引き立てているのは、典雅なネックレスのおかげだ。

ヴィクトルが主催者として壇上で挨拶する間も、会場の客たちの目はチェーリアに釘づけだった。そして挨拶が済みふたりが壇上から降りてくると、すぐさま周囲に人だかりができた。

「皇后陛下、今夜はなんとお美しい。まるでゲナウ庭園の薔薇そのもののようです」

「その首飾りは〝ゲナウの至宝〟でございますか？　おお、この目で見ることができて光栄です」

「両陛下の今宵の素晴らしい歓迎に心よりお礼申し上げます。皇后陛下、よろしければわたくしと一曲踊ってください」

今夜の舞踏会は大成功といっていい盛況だった。もはや誰も晩餐会での些細《ささい》な事件など気にしていない。

大勢の人に囲まれにこやかに会話をしていたチェーリアだったが、しばらくするとヴィクトルと共にセルペット大臣らのいる一角に向かってきた。

「ごきげんよう、セルペット大臣。楽しんでいただけていますか？」

麗しい笑顔で話しかけてきたチェーリアに、セルペット大臣も外交団らも思わず立ち上がって恭しく頭を下げる。

「これはこれは、お美しい皇后陛下。今宵の心尽くしのもてなし、誠に痛み入ります。咲き誇る薔薇のように優雅な皇后陛下のお姿にお目にかかることができて、このセルペットじつに光栄の極みでございます」

先ほどチェーリアを腐していた口で、セルペット大臣は大仰な賛辞を彼女に贈る。それを横目で見てミュラー宰相は呆れた表情を浮かべた。しかし。

「Et glorificatus sum in occursum adventus tui. Hic mihi centum boni lucks（私こそあなたに会えて光栄です。これは私の中に百ある幸運のひとつでしょう）」

流暢《りゅうちょう》な古ルデン語で、しかも古典からの引用まで使って言葉を返したチェーリアには、セルペット大臣だけでなくミュラー宰相も目を丸くした。

チェーリアは恥ずかしそうに頬を染めると、「セルペット大臣は古ルデンの学術に精通していると聞きました。よろしければお話を聞かせていただけませんか」とセルペット大臣に向かってはにかんでみせた。

「……おお、おお！　お美しいだけでなくなんと英知に富まれたお方か！　チェーリア皇后、あなたは素晴らしい！」

自分の得意分野を公の場で尊重されたことで、セルペット大臣は大喜びだ。チェーリアの手を取って固い握手を交わすと、恭しくソファーに座らせて古ルデン語で嬉しそうに会話を始めた。フラシカ王国の他の外交官たちはセルペット大臣の態度の変わりようにポカンとしたままだ。客たちも何事かと集まってきては、セルペット大臣と対等に古ルデン語で話すチェーリアを見て驚きに目を剝く。

その傍らに立つヴィクトルは黙ってその光景を見ながら、密かに口角を上げた。

深夜の鐘が鳴り響く頃、ようやくチェーリアの長い一日が終わった。

湯浴みを済ませ女官らに手足をマッサージされながら、チェーリアは特大の安堵の息を吐き出す。

「よかったわ。問題なし……ではないけれど、とりあえず和やかな雰囲気で初日が終わって」

緊張が解けて表情を緩ませるチェーリアに、侍女たちもホッとしたような笑みを浮かべた。

「舞踏会でのチェーリア様は本当に素晴らしかったです。訪れたお客様の誰もが今夜のことを褒め称えるでしょう」

「すべてはヴィクトル陛下のおかげだわ。〝ゲナウの至宝〟を持ってお部屋に来られたときには本当に驚いたけど」

数時間前のことを思い出して、チェーリアはクスクスと肩を揺らす。

厨房から戻ったあと、自室で舞踏会用の装いに着替えていたチェーリアのもとに突然やって来たヴィクトルは手に国章の入った金のジュエリーケースを持っていた。そして中から〝ゲナウの至宝〟を取り出すと唐突に『今夜はこれをつけろ』と命じたのだった。

驚きつつもそれをつけると、彼は今度は悩ましげに眉根を寄せて『ドレスが合っていない。替えろ』などと言ってきた。

舞踏会のドレスは何ヶ月も前から側近やデザイナーと相談して決めたものだった。レースをふんだんに使ったピンクの小花柄のドレス、流行の柄と装飾でチェーリアの若々しさと愛らしさを引き立てるデザインになっている。

確かに重厚なネックレスに可愛らしいドレスはマッチしていないが、いきなりドレスを替えろと言われても困ってしまう。

『そんなことを仰られても、これは今宵のために仕立てたものです。これ以上によいものなど……』

ドレスには髪や小物なども合わせてある。そう簡単に変更できるものではない。そんなこともわからず突然無理を言うヴィクトルが横暴に思えて、チェーリアは反論した。

すると彼は部屋から続くワードローブに黙ったまま入っていき、部屋いっぱいに下げられているドレスを手当たり次第見ていった。

その行為にチェーリアも侍女たちも唖然としていると、ヴィクトルは奥の方に吊り下げてあったワインレッドのドレスを持ち出し『これでいい』と近くの女官に投げ渡した。さらに続けて装飾品の小物を漁り、大ぶりの薔薇のコサージュとネックレスに合うイヤリング、それにエナメルの靴を持ち出してきた。

ドレスといい小物といい、どれも流行からは大きく外れている。侍女らは不安そうに顔を見合わせ、チェーリアも戸惑いを隠せなかった。

『あの、お言葉ですが陛下。このような艶やかなタイプのドレスを着ている者は昨今の帝都ではおりません。帝国皇后が大規模な舞踏会で流行外れの衣装を着るのはどうかと』

しかしヴィクトルは意に介す様子もなく『ゴチャゴチャとうるさい。早く着替えろ』と手に持った小物たちをチェーリアの手に押しつけた。

あまりの横暴にうっかり頬を膨らませそうになったが、ヴィクトルは『帝都の流行などくだらん。この国の頂点に立つ女はお前だ。お前が流行を作れ』と言ってチェーリアの頭をポンポンと撫でると、さっさと部屋から出ていった。その言葉にチェーリアはハッとする。

『い、いかがなさいましょう……？』

侍女たちがヴィクトルの出ていった扉とチェーリアの方を交互に見てオロオロとする。

皇帝の命令を聞くべきなのか、皇后の判断に任せるべきなのか迷っているようだ。

チェーリアは姿見に映る自分をしばらく見つめると、途中までセットした髪をほどいて侍女と女官に命じた。

『ドレスを替えるわ。髪とお化粧もそれに合わせて』

侍女たちは一瞬戸惑うようにざわついたが、すぐに指示に従った。

そして数十分後——そこにいた者たちは皆、ヴィクトルの判断が素晴らしいものだったことを痛感したのだった。

「着替えられたチェーリア様を見たときはあまりの美しさに息を呑みました。ヴィクトル陛下の慧眼《けいがん》はまごうことなきものでしたね」

侍女のひとりが、そのときの衝撃を思い出してうっとりと言う。

「でも会場に行くまでは怖かったのよ。流行外れのドレスを着て、もしお客様たちに笑われたらどうしようって」

チェーリアは眉尻を下げて笑った。しかしヴィクトルの読みは大成功し、結果的に舞踏会は大盛況のうちに終わったのだ。

舞踏会場で様々な人の視線を浴び、声を聞いているうちに、チェーリアは何故ヴィクトルが急に〝ゲナウの至宝〟をつけてドレスを替えろと言ったのか理解できた気がする。

騒動にはならなかったものの、晩餐会の異物混入はチェーリアに向けられる目を厳しくする出来事だった。そうなってくると当たり前のことをしていては印象を回復できない。

ここで確実に挽回《ばんかい》する一手が必要だった。

彼の目論見が完全に成功したことを、チェーリアは素直に感嘆する。侍女の言うとおり、彼の慧眼は素晴らしい。王侯貴族の頂点に立つだけのことはある。

それと同時に、胸の奥がくすぐったくなるような嬉しさもチェーリアは感じていた。

（ヴィクトル様は私にあのようなドレスが似合うとわかっていたのね）

ネックレスに合わせたとはいえ、彼が見立てたドレスはチェーリアによく似合っていた。それは本人でさえ気づかなかった魅力を引き出すほどに。

そのことが、チェーリアはやけに嬉しい。ヴィクトルは自分の伴侶なのだということを改めて実感する。

（今日はヴィクトル様に助けられっぱなしだわ。ベッドで必ずお礼を言おう）

チェーリアは思う。もしかしたら今までもずっと、彼は知らないうちに助けてくれていたのかもしれないと。

それはただの皇帝の義務なのかもしれない。ゲナウ帝国の名誉のためかもしれない。けれど、もしそうだとしてもヴィクトルは妻のことを誰より観察し理解してくれている気がする。チェーリアはそれが嬉しかった。

寝支度を整え頬を桜色に染めて夫婦の寝室へ向かうチェーリアには、もう出会った頃のようなヴィクトルへの反抗心はない。

彼は誰より頼りになる存在で、尊敬すべき夫で、唯一無二の伴侶だ。そして——チェーリアがまだ名づけられない胸のときめきを唯一抱かせる人だった。

第四章　折れない矜持

連合会議は二週間の日程を以て無事に終了した。

会議の成果も上々で、連日開かれた晩餐会と舞踏会も賑わいを見せ、主催国のゲナウ帝国はこの連合会議でますます評判を上げたといえよう。

チェーリアも皇后として初めての大仕事を無事に終え、心の底からホッとしていた。

そして会議終了後。帝国にも夏が訪れる。

冬が社交シーズンの盛りなら、夏は休暇の季節だ。結婚式から何かとせわしなかった宮廷だけれど、夏を迎えようやく一息つけるようなのんびりした季節がやって来た。

忙殺されてしばらく書けていなかった母への便りをさっそく出すと、体調も快方に向かっており問題なく過ごしているという返事がすぐに来た。ゲナウ帝国が主催となり連合会議が開かれたという話も、嫁いできたばかりの皇后が素晴らしいもてなしをしたという噂も母の耳にも届いていたそうで、手紙には「頑張り屋の娘を持って私は光栄です」と嬉しい褒め言葉が綴られていてチェーリアは密かに頬を紅潮させて喜んだのだった。

そして七月。

本格的な夏に入ると、皇室の者たちは帝都郊外の温泉地にある夏の離宮に移る。

ヴィクトルとチェーリアも、そこで忙しかった日々の疲れを癒やして過ごしていた。


「あっ……駄目、駄目です、ヴィクトル様。こんなところで」

「何が駄目だ。夫と睦み合うことはお前の責務でもあるだろう」

「で、でも。誰かに見られたら」

「人払いしてある。誰も来ない。もし皇帝夫婦の房事を盗み見るような輩がいたとしても、そいつは次の日には地下牢だ。問題ない」

まだ日の高い午後。離宮の書斎では、机の前でヴィクトルがチェーリアを膝の上に乗せて顔にキスの雨を降らせていた。

束の間の休息でヴィクトルも肩の力が抜けているのだろうか。離宮に来てから彼はベッド以外でもこうしてチェーリアに触れてくる。それだけではない、散歩やお茶の時間に人目を盗むように口づけてくることも何度もあった。

婚約時代の頃のヴィクトルからは想像もつかなかったことだとチェーリアは思う。彼は何事にも厳格で、規律を乱し品格を貶めることを嫌う性格だった。いや、今もその性分は変わってはいないのだが。

（変なの……。こんなに私のことばかり求めてきて、まるで……愛されているみたい）

ヴィクトルのキスを受けとめながら、チェーリアはそんなことを考えてしまう。彼が自分のことを愛しているはずなどないとわかっているけれど、熱の籠もった瞳で見つめられると甘い気持ちを抱かずにはいられなくなる。

（私おかしいわ。結婚してもう半年以上経つのに、ヴィクトル様の手に触れられるととてもドキドキする。彼の肌に慣れるどころか日を追うごとに恥ずかしくて……嬉しくて、切なくなっていく気がするなんて）

チェーリアは日々膨らんでいく気持ちに戸惑っていた。傲慢で意地悪だと思っていた彼の密かな優しさや思いやりに気づくたびに、甘く切ない気持ちは育っていった。この思いがなんなのか、わからないふりもできなくなっていくほどに。

「あ、あぁ……」

首筋を撫でていたヴィクトルの手が、デイドレスのボタンを外していく。開かれた前身ごろからシュミーズ越しに胸を撫でられ、チェーリアは儚《はかな》い吐息を漏らした。

「細い首だ。白くて華奢で……痕をつけたくなる」

露になった首筋に、ヴィクトルが歯を立てる。続けて同じところを強く吸われて、チェーリアの首には赤い痕が残った。

満足そうに口角を上げたあと、ヴィクトルはドレスの上部を脱がせ、コルセットの紐《ひも》をほどこうと手を伸ばす。しかしさすがにそれは困ってしまうとチェーリアは彼の手を押さえた。

「駄目です、ヴィクトル様。これ以上脱いだら人の手を借りずには着直せなくなります」

コルセットやクリノリンのような補正下着はひとりでは着られない。ここで脱がされたら着るときに侍女や女中らの手を借りなければならなくなる。真昼間に皇帝の書斎で着衣のために人を呼んだら、何をしていたか丸わかりだ。それはあまりにも恥ずかしい。

ヴィクトルは手を止めたが、フンと小さく鼻を鳴らすとチェーリアの手首を摑んで自分の下腹部へと持っていった。

「きゃっ⁉」

「もう滾《たぎ》っている。今さらやめられない」

チェーリアは目を白黒させた。手にあたっているのは脚衣越しの硬い感触だ。それが何かは考えなくてもわかる。

「……っ！　も、もうっ！　ヴィクトル様ははしたないわ！」

顔を赤くして手を引いたチェーリアを見て、ヴィクトルは楽しそうに目を細める。

「俺をはしたなくさせているのはお前だ。だが褒めてやる。俺をこれほどまで欲情させられるのはお前だけだからな。それも才能だ」

褒めてやると言われても、そんな淫らなことで素直に喜べない。

「嬉しくありません」

拗ねたようにチェーリアは唇を尖らせたが、嫌な気持ちではなかった。男を欲情させる才能はご免だが、ヴィクトルに唯一求めてもらえる才能だとしたらそれは嬉しい。

拗ねた表情を見せるチェーリアにヴィクトルは笑いながら口づけすると、背中に回した手でコルセットの紐をほどいた。もうチェーリアはそれを止めようとは思わない。

スカートと厄介なクリノリンまで外し、シュミーズとドロワーズも脱がされ、チェーリアが纏っているのは絹の靴下だけになってしまった。

窓の外はまだ太陽が燦々《さんさん》と輝き、部屋を明るく照らしている。そんな場所で何もかもを晒しているのはあまりにも恥ずかしくて、チェーリアは身を丸めそうになった。

「来い」

羞恥でモジモジしているチェーリアに手を伸ばし、ヴィクトルは再び膝の上に乗せる。

けれど今度は横座りではなく、正面を向いて脚を跨《また》いでいる状態だ。自然と腿が開いて秘部を晒してしまう。

ヴィクトルはチェーリアの腰を支えながら、唇に、首筋にキスを落とし、胸の頂を吸った。

「あ、あっ……！」

キュンとした刺激は、体と心の隅々にまで切ない愉悦をもたらす。体に触れている彼の手や唇が、たまらなく愛おしく感じた。

薄紅色の小さな実を、ヴィクトルは唇で挟み、吸い、舌で転がす。軽く歯を立てると、チェーリアの口からは一番甘い嬌声が漏れた。

「は、ぁあっ……ああ、んっ」

傷つけないように、ヴィクトルは絶妙な力加減で乳暈《にゅううん》や乳頭を甘噛みした。そのたびにチェーリアの体には熱い火が灯り、蠟燭《ろうそく》が溶けるように下肢の間から露が滴る。

「感じているのか。いやらしい体だ」

胸を虐めながらヴィクトルの指がチェーリアの腿の間を這《は》う。ぬるりとした感触と共に割れ目の中央を擦られ、チェーリアはたまらず喉を仰け反らせた。

指は肉びらを撫で、敏感な芽にまで達した。触れられたことで、チェーリアは自分の陰芽がすでに硬く尖っていたことに気づかされる。

「あ……、あ、あ……」

蜜を纏った指で転がされると、理性が霧散しそうな快楽が体に満ちていく。腰が震え、足の先に力が籠もった。

「いい顔だ。ますます滾る。そら、お前も俺を気持ちよくしてみろ」

フッと口角を上げたヴィクトルはチェーリアの腰を片手で支えたまま、もう片方の手で器用に自分の脚衣の前を寛がせた。露になった雄茎は反り返るほど隆起して、先端に雫《しずく》が滲んでいる。

ヴィクトルの手に導かれ、チェーリアは彼の熱い肉塊に触れた。何度も挿れられているが、手でさわったのは初めてだ。肉感があって不思議な感じがする。

触れてはみたもののどうすればいいのかわからないでいると、軽く摑んで手を上下にしごくのだと教えられた。

（こう、かしら）

言われたとおりにやってみると、先走りの露が手のひらを濡らし滑るようにしごくことができた。ヴィクトルは「そうだ。続けろ」と命じて、再び指をチェーリアの秘所に這わせる。

「あ……ん、んっ」

向かい合って互いに性器を弄り合っている光景はあまりにも卑猥だ。恥辱にも似た背徳感を覚えるのに、どうしてかそれが体を熱くさせる。

(こんなはしたないこと絶対誰にも言えない。ふたりだけの淫らな秘密……)

手の中のヴィクトルの雄茎が大きくなるのを感じて、チェーリアの背がゾクゾクと震えた。言葉で説明できない喜びが込み上がってくる。

気がつくとヴィクトルの息も乱れていた。チェーリアを射るように見つめてくる表情は、彼が性交で昂っているときに見せるのと同じだ。怖いくらいに真剣で瞳に情熱を灯した、チェーリアを激しく求めるときの表情。

彼の輪郭に沿って汗がひとすじ流れていくのを見て、チェーリアは「あぁ」と心で呻《うめ》いた。異性に欲情するのは男性だけだと思っていたが、それは間違いだ。チェーリアは今欲情している。目の前の夫の美しく淫らな姿に。

昂った気持ちに翻弄されるように、チェーリアは気がつくと自分から唇を重ねていた。慎みもなく舌を絡め、本能のままにねぶり合った。

(ああ、ヴィクトル様……)

「……好き」

熱に浮かされた頭で、気持ちが勝手に口から零れた。

口づけの合間に吐息と共に吐き出した微かな囁きだったが、ヴィクトルは動きを止めて目を見開いた。その反応に、チェーリアがハッと我に返る。

「あっ……違うんです、その」

焦って思わず言い訳をしそうになったが、その前にヴィクトルの手がチェーリアの臀部《でんぶ》を両手で摑んできた。

「えっ」

チェーリアが驚く間もなくヴィクトルは体を引き寄せ、自分の雄竿の上に腰を落とさせる。

「あ、あぁっ！」

ヴィクトルが腰を突き上げると、抵抗もなくずぶりと蜜口が竿を呑み込んだ。突然の挿入に、チェーリアは背をしならせ体を震わせる。

「煽《あお》るな。どうなってもしらんぞ」

熱い息を吐き出し低い声で言うと、ヴィクトルは先端だけ挿《はい》っていた雄芯を一気に中まで押し進めた。狭隘な蜜道が彼の雄の形に拓かれていく。

「ひ、ぃっ、あっ！」

奥まで達した雄芯を中ほどまで引き抜き、再び力強く穿つ。ヴィクトルはチェーリアの腰を抱きしめるようにしっかり捕まえ、激しく抽挿を繰り返した。

「あっ！　あっ！　ヴィクトル、様ぁっ」

指での愛撫ですっかり熟れた秘所からは、ヴィクトルの脚衣を汚すほど蜜が零れた。

チェーリアは必死に彼の背にしがみつき、迫ってくる快感の大波に耐えようとした。

「は……、ぁあっ！　もう駄目……っ、きちゃうっ……！」

最奥の感じる場所を何度も突かれ擦られ、下腹の奥で大きな悦楽の塊が爆ぜた。

「――っ！　……ひぃ、い……っ」

達する寸前、ここが書斎だということを思い出し、チェーリアはヴィクトルの肩に顔をうずめて声を押し殺した。しかしヴィクトルは止まることなく、達したばかりで激しく収斂する蜜洞を穿ち続ける。

「っ、駄目っ、やめて！　おかしくなる……！」

「構わん、おかしくでもなんでもなれ」

ヴィクトルの肉塊は今にも爆ぜんばかりに大きく膨らんでいる。鋼のように硬くなったそれで敏感になりすぎている膣の奥を手加減なく突かれた。

「あ、ああーっ！」

チェーリアが涙を零すと同時に、ガクガクと震えた腿の間から激しい飛沫《しぶき》が飛んだ。熱

い液体がヴィクトルの脚衣を濡らし、肌がぶつかり合うたびに辺りに水滴を散らす。

「出すぞ」

そしてヴィクトルは捻じ込むように肉竿を最奥まで穿つと、そこで精を放った。収斂して締めつける膣壁から彼の雄が射精と共にビクビクと震えるのを感じて、チェーリアは肌を粟立《あわだ》てる。

ふたりとも激しく息を切らせていた。顔も体も汗びっしょりだ。

（……ああ、どうしましょう。そ……粗相をしてヴィクトル様の服も床も汚してしまったわ）

朦朧とする頭で、チェーリアは自分のしてしまったことを恥じて悔やんだ。これから侍従に着替えの用意と掃除を頼まなくてはならないことを思うと、あまりの羞恥で眩暈がしそうだった。

ヴィクトルにしがみついたままの体勢で途方に暮れていると、ふいにこめかみにチュッと口づけをされた。

「可愛いな」

「……え？」

後始末に頭を悩ませていたチェーリアは、突然のことに思考が追いつかない。

間近でヴィクトルが淡い笑みを浮かべ見つめていることに気づいたとき、ようやくその言葉の意味が頭と体に沁《し》み込んできて、鼓動が激しく脈打ちだした。

「あの……ヴィクトル様……?」

聞き違いだったのではないかとチェーリアは自分の耳を疑う。彼の口からこんなストレートで甘い言葉は出たことがない。それか聞き違いでなければ、からかわれているのか。

チェーリアが顔を真っ赤に染めオロオロとしていると、ヴィクトルはおかしそうに笑ってまだ繋がったままの状態のチェーリアを抱きながら立ち上がった。

「きゃあっ」

「ふたりともベタベタだ。どうせ汚れてしまったのなら、もう少し戯れるとするか」

驚くことを言って、ヴィクトルはそのまま部屋にある長椅子へと移動した。そこでチェーリアを組み敷き、腰を揺り動かしだす。

「ヴィ、ヴィクトル様……!　二回もだなんて、そんな……」

「嬉しいだろう?」

ニヤリと口角を上げて、ヴィクトルは口づけでチェーリアの口を塞ぐ。

困惑していたチェーリアもすぐに体に火をつけられて抗えなくなっていった。

夏の日は長い。

空が茜色に染まるまでチェーリアは抱かれ、体を快楽に弄ばれ続け、ようやく解放されたのは侍従が晩餐の報せにきた頃だった。

夏の離宮に来て二週間ほどが過ぎた頃、外遊に出ていた叔父夫婦とヘレナ公女が遅れてやって来た。

帝国の支配下にある南方の半島に行っていたヘレナは珍しい土産をたっぷり持ってきて、皇室の者や側近らに振る舞うだけでなく宮殿で働く者たちにも下賜した。

滅多に口にできない異国の酒や菓子に、宮廷官も下働きたちも大喜びだ。

すっかりヘレナと外遊土産の話題一色になった宮殿を見て、チェーリアはつくづく思う。ヘレナは人の心を摑むのがうまい。社交界で人気があるのもよくわかる。

(誰に対しても気配りが行き届いているのだわ。私も見習わなくっちゃ)

ある日、ヘレナや皇族の女性らと一緒に中庭でお茶を飲んでいたチェーリアは、彼女を見てそう心がけた。

親族同士のお茶の時間でさえヘレナは皆のカップに気を配り、よい話題を提供する。いつも笑顔で、彼女がいれば場が明るくなった。

チェーリアは意志が強く努力家だが、反面頑固で鼻っ柱が強すぎるところがある。社交界は好きだが、ヘレナのように自分を抑えて人を立てることは苦手だ。

自分にないものを学ぼうとチェーリアがまじまじと見つめていると、視線に気づいた彼女に笑われてしまった。

「嫌ですわ、皇后陛下ったら。そんなに見つめられては穴が開いてしまいますわ」

頰を桃色に染めて照れ笑いをするヘレナは本当に愛らしい。もし自分が男だったらきっと心惹かれていただろうとチェーリアが感嘆したときだった。

「皇帝陛下。ご機嫌麗しゅう存じます」

そばに控えていた侍女らの声を聞いて振り返ると、側近をつれたヴィクトルが外廊下からこちらへ向かってくるのが見えた。

彼がお茶の席を見にくるなど珍しい。寛いだ離宮ならではの気まぐれかもしれない。

嬉しくなってチェーリアは立ち上がって彼を席に招待しようとした。

「陛下、どうぞお席へ――」

ところが、先に立ち上がってチェーリアの声を遮るようにヘレナがヴィクトルに声をかけた。

「陛下！　いらしてくださったのですね！　ああ、今日はなんて素晴らしい日なのでしょう。さあ、どうぞこちらへ。コーヒーになさいますか、それともワインかシャンパンでも？」

チェーリアは驚いたが、周囲はヴィクトルの方に注目していたので彼女の無礼な行動に気づいていない。

「いや、少し様子を見にきただけだ。構わなくていい」

どうやらヴィクトルもチェーリアが声をかけたことに気づかなかったようだ。席に促そうと手を引くヘレナの方しか見ていない。

「そんなこと仰らず。今日のお菓子は私が外遊先で選んだものですのよ。ぜひ召し上がっていってくださいな」

強引に誘うヘレナに少し困った様子を見せながらも、ヴィクトルは空いている手近な椅子に座った。そこはヘレナの隣だ。

「まだ公務が残っている。十分だけだ」

席に着いたヴィクトルを見て、チェーリアは胸の中に不快な感情を覚える。まるで酷い胸焼けのようだ。

ヴィクトルのヘレナに対する態度が柔らかいことはわかっている。けれど最近のチェーリアはそれを目の前で見るのを苦しく感じていた。

（……ヘレナ様のおねだりは素直に聞くのね。きっと私が同じことを言っても『甘ったれたことを言うな』って意地悪に笑うくせに）

考えたくないのに、そんな拗ねた考えがよぎってしまう自分が嫌だ。妬ましいだけでなく自己嫌悪まで抱えてチェーリアはますます気分が悪くなる。

「……私、少し頭が痛いみたい。せっかく陛下がいらしてくださったのに申し訳ございません。部屋で休ませていただきますね」

この状況に耐えきれずチェーリアは席を立った。ヴィクトルは少し意外そうな顔をして口を開きかけたが、ヘレナの声に掻き消された。

「まあ、大丈夫ですか皇后陛下。そう言われてみるとお顔の色が悪いみたい。気づかなくて申し訳ございません。私がもっと気を配っていれば……」

「大したことはありません、気にしないで。それでは陛下、皆様、失礼いたします」

心配して駆け寄ってきてくれたヘレナの手から逃げるように、チェーリアは足早にその場を離れた。

「……マンデル。私って心が狭いのかしら」

自室に戻ったチェーリアは、部屋でひとりマンデルに話しかけた。

膝の上に乗せられたマンデルは嬉しそうにピコピコと尻尾を振り、丸い目でチェーリアを見ている。

マンデルに出会った日から、彼はチェーリアの相談役だ。誰にも言うことのできない弱音や悩みをマンデルだけにそっと打ち明けてきた。

毛むくじゃらの小さな相談役は適切なアドバイスはくれないけれど、愛らしい瞳と仕草で心を癒やしてくれる。チェーリアはマンデルの頭や背を撫でているうちに、ざらついていた心が収まっていくのを感じた。

「うふふ、可愛い。大好きよ、マンデル」

チェーリアはマンデルを抱っこすると窓の近くまで歩いていった。この部屋からは中庭が少し見える。

木陰のテーブルにはまだ人が集まっている様子が窺えたが、ヴィクトルがいるかどうかはここからではわからなかった。

（ヴィクトル様はまだお茶会にいらっしゃるのかしら）

気になったが、頭を振って考えないことにした。彼とヘレナのことを気にしてはいけない。仲のよい従兄妹同士であるふたりに妬《や》いたりしても仕方がないのだから。

窓の外をしばらく眺めていると、飼い主の心情を察するように、腕の中のマンデルがクゥ～ンと鳴いた。チェーリアは思わず苦笑して、マンデルに頬ずりする。

「なんでもないのよ。もう気にしないわ。だって私はヴィクトル様の妻なんですもの」

彼がチェーリアを妻としてこの上なく心を配ってくれていることはもうわかっている。もともと国益のための政略結婚だったのに、これほど丁重に扱われただけで十分だ。自信を持たず卑屈になることは彼に対する侮辱になる。

自分を奮い立たせ、チェーリアは顔を上げた。帝国皇帝ヴィクトルの妻には嫉妬など卑しい感情は似合わないと、思い悩む心に蓋をして。

——事件が起きたのは、その三日後だった。

「マンデル⁉　マンデル！」

悲鳴のように飼い犬の名を呼ぶチェーリアの声が庭に響き渡る。

目の前には、明るい茶色の体毛を赤黒く血で汚し地面に倒れているマンデルの姿。そしてその奥で苦痛の表情を浮かべて地面に座り込んでいるヘレナと、興奮状態で牙を剝き出しにしているボルゾイ犬がいた。

チェーリアの声を聞きつけて侍女や宮廷官がたちまち集まってくる。

「ど、どうされたのですか⁉」

侍女らは慌てたが、血まみれのマンデルを抱いて「しっかりしてマンデル！」と叫ぶチェーリアには答えられる余裕がない。

するとヘレナが曇った表情でスカートの裾を少しだけ捲り、足首を出して言った。

「アキレスの散歩をしていたら突然マンデルが私に襲いかかってきて……。それを見たアキレスが私を守ろうとしてマンデルと闘ってしまって……ああ、どうしましょう。皇后陛下の大切なマンデルに怪我を負わせてしまったわ」

ヘレナの説明を聞いて宮廷官らはざわついた。侍従が「ヘレナ様が犬に嚙まれた、すぐに侍医を呼べ！」と叫び、女官らがオロオロとしながらヘレナの足首から流れる血をハンカチで拭いた。

チェーリアは呆然とする。そしてハッとするとマンデルを胸に抱いたままヘレナに駆け寄り、「大丈夫ですか？　申し訳ございません！」と謝罪した。

三十分前。チェーリアは自室のケージに入れていたマンデルがいないことに気がついた。脱走されるなど初めてで、チェーリアは侍女たちと手分けして宮殿中を捜し回った。しかし宮殿内にはどこにもおらず、庭まで捜しにきたとき――薔薇の植え込みの陰で、血を流し横たわっているマンデルを見つけたのだ。

チェーリアは混乱している。マンデルは賢い子だ、今まで遊びでも人を嚙むことなど一度もなかった。それなのに人に嚙みついて怪我まで負わせてしまって、信じられないという気持ちと飼い主としての罪悪感でまともに思考が働かない。

チェーリアは動揺したまま、震える手で侍女にマンデルを渡した。

「マ……マンデルを犬舎のお医者様のところに急いで連れていって。あとから私も行くわ」

本当は重傷のマンデルと一秒も離れたくはないが、ヘレナを放ってこの場を離れるわけにはいかない。チェーリアは縋《すが》るような思いで侍女にマンデルを託した。

「ヘレナ様、本当に申し訳ございません。このお詫びは必ず……」

チェーリアは侍女に代わってヘレナの傷をハンカチで押さえた。靴下越しの細い足首に、くっきりと犬の歯形に血が滲んでいる。大きさからいって間違いなくマンデルのものだろう。

普段見せる場所ではないが、脚の美しさは女性にとって魅力を測る重要な箇所だ。もしも痕が残ってしまったらどうしようと、チェーリアは青ざめる。

やがて侍従が担架を持ってきて、ヘレナはそれに乗せられて宮殿内へ運ばれていった。あとについていこうとしたチェーリアを、侍女のひとりが止める。

「チェーリア様、先にお召し替えを」

「あ……」

チェーリアのドレスにはマンデルの血がべったりとついていた。手にもだ。

「……部屋で着替えるわ」

ヘレナの傷のこと、マンデルの容態。どちらも気になって着替えどころではないが、汚れた服のまま歩き回るわけにもいかず、チェーリアは一度自室に戻ることにした。

芝生にはマンデルの血の跡が残っている。それを痛々しく思いながら通り過ぎようとしたとき、ふと女官らがこちらを見て内緒話をしているのが目に入った。

彼女たちはチェーリアが見ていることに気づくとすぐに内緒話をやめたが、表情がどこか厳しい。

なんとなく心に引っかかったが、今はそれどころではないと踵を返し足早にその場を去った。

マンデルは大怪我だったが一命を取りとめた。

しばらく獣医のもとで治療を続ければ、数ヶ月で元気になるだろうということだ。

そのことにチェーリアは涙が出るほど安堵したが、問題はヘレナの方だった。

傷は思いのほか深く、痕が残る可能性があるらしい。償いようもない事態にチェーリアはショックを受ける。

ヘレナの傷のことはたちまち宮殿中の噂になった。宮廷官らは皆ヘレナに同情し、彼女を励まそうとした。その一方でマンデルの管理ができていなかったチェーリアに対して厳しい声も囁かれ始めた。

その非難についてはチェーリアは仕方ないと思う。責任は飼い主の自分にあるのだから、批判は甘んじて受け入れる覚悟はある。

しかしチラホラと聞こえてきた別の噂に関しては、チェーリアは耳を疑った。

「皇后陛下は以前からヘレナ様を嫌ってらして、今回も犬をわざとけしかけたそうよ」

そんな謂《いわ》れもない噂を流されるようになったのだ。

チェーリアは憤慨する。直接面と向かって言われたなら「そんなことはない」と堂々と否定できるのに、噂であるがゆえにそれができないのがもどかしい。しかも噂の出どころはひとりではないらしく、はっきりともしなかった。

普段は気強いチェーリアも、愛犬が大怪我をし、ヘレナに消えない傷痕を残してしまい、さらには残酷な噂まで飛び交うようになっては、さすがに精神的につらくになる。

側近や侍女たちも宮殿の不穏な空気を感じているようで、気を使って温かい言葉をかけてくれた。しかしチェーリアは、誰にも落ち込む姿を見せず気丈に振る舞った。特に、ヴィクトルの前では。

結婚前、宣言したのだ。『大陸一の淑女になってみせましょう』と。彼の前ではいつだって帝国皇后として凛とした姿でいたい。

それに連合会議のときに彼に助けられた恩もある。これ以上世話をかけて愛想を尽かされるのも怖かった。

しかしそんないじらしい矜持が、チェーリアをますます傷つけることとなる。

それは、事件が起きてから三日後のこと。

「皇帝陛下はヘレナ様のお怪我を相当気にされているようです。直々に高名な医師を指名して、ヘレナ様のおそばに置かれるほどだそうですよ」

ノイラート夫人から聞いた情報に、チェーリアはたまらず唇を噛みしめた。

ヴィクトルがヘレナを心配するのは当然だとわかっていても、心が痛んだ。

やはり彼は従妹のヘレナに殊更優しい。そんな従妹に傷痕を残したチェーリアのことを、きっと忌々しく思っているに違いない。それどころかもしかしたら例の噂さえ信じている可能性だってある。

そんな悲観的な思考に囚われてしまいそうになり、チェーリアは頭を振った。

「……少し外の空気を吸ってくるわ。ひとりにして」

侍女たちにも暗い顔を見せたくなくて、チェーリアは部屋を出てひとり宮殿の外に向かった。

ここに来たときは新鮮で明るく見えた庭園の景色も、今は事件のせいで陰鬱に見える。

あれから芝生は綺麗に整えられたようで、もうマンデルの血の跡は残っていなかったが、チェーリアは思わず目を逸らせた。

宮殿の外廊下から庭へ出て奥へと行くと、低い屋根の建物が見えてくる。犬舎だ。皇室と高位宮廷官らの狩猟犬を管理飼育しているところである。マンデルは今ここで獣医のもと治療を受けている。

マンデルが怪我をした日から、チェーリアは毎日様子を見にきていた。

いつものように犬舎の管理官にマンデルが療養している場所へ案内してもらう。マンデルは他の犬と離れ、獣医の部屋のケージに入れられていた。

「これはこれは、皇后陛下。マンデルの回復は順調でございます。今日はミルクを全部飲みましたよ」

訪ねてきたチェーリアに獣医はにこやかに話しかけた。

「そう、よかったわ。ありがとう」

「さすが皇后陛下の愛犬でございます。回復が早いということは心が強いのでしょう。プードルはもともと狩猟犬の歴史がありますが、ミニチュアプードルは愛玩としての歴史が長く、人懐っこいですが体の丈夫さという点では――」

この獣医は腕は確かなのだがお喋り好きで、人と会えば皇后だろうが誰だろうがのべつまくなく長話をしだす。チェーリアは苦笑を浮かべた。

「ああ、そうです、そうです。私としたことがお話しするべきことを忘れていました。マンデルの回復が早いのは異国からとっておきのお薬をヴィ――」

「あの、ごめんなさい。マンデルに会いたいのだけどいいかしら？」

話がやみそうにないのを見かねて、チェーリアは彼の言葉を遮った。このままではマンデルの顔を見る時間がなくなってしまう。

獣医は「おっと、これは失礼いたしました。どうぞどうぞ、ごゆっくりどうぞ」と言って、気を利かせ部屋から出ていってくれた。

チェーリアはホッとして部屋の片隅にあるケージへと向かう。柔らかな布が敷かれた上で、マンデルはおとなしく座っていた。

「マンデル……お利口にしてた？」

ケージの中に手を入れると、マンデルは甘えるようにペロペロと舐めてきた。素直で甘えん坊な彼の仕草に心が温かくなると共に、体中に巻かれている包帯に胸が痛んだ。

「いい子ね。怪我が治ったらまた私のお部屋にいらっしゃい。ブラシをかけてあげるわ」

まるで言葉がわかっているかのように、マンデルは目をキラキラさせワンと返事する。

その姿はとても利発的にチェーリアの目には映った。

「……こんなに優しくてお利口なのに。どうして……」

飼い主の贔屓目《ひいきめ》かもしれない。けれどチェーリアにはマンデルが理由もなくヘレナを噛んだことが信じられなかった。

真相を知りたいが、ヘレナは『いきなり植え込みの陰から飛び出して噛みついてきた』と言っていた。目撃者もなく、それ以上詳しいことはわからない。

きっと何か理由があるはずだと思ったが、執拗に追及することは憚《はばか》られた。宮殿では今チェーリアに向けられる視線は厳しい。理由を探すことで責任逃れしようとしていると誤解される恐れがある。

「私のせいであなたをつらい目に遭わせてしまってごめんなさい。あの日、私がケージの鍵をちゃんと確認していれば……」

そこまで語りかけて、チェーリアはふと言葉を止めた。

（……あの日、ケージを最後に見たのは誰だったかしら）

普段マンデルは、チェーリアの部屋で過ごしている。チェーリアが遊んであげるとき以外はケージに入っているのだが、その管理は侍女らがしていた。

あの日チェーリアは昼食を終え、戻ってきてからマンデルの失踪を知った。昼食に出ていた間、最後にマンデルの姿を確認したのは誰だろう。

考えようとして、チェーリアは自責の念に駆られてやめた。これではまるで侍女への責任転嫁ではないか。それに忠誠心の高い侍女たちが、鍵のかけ忘れを黙っているとは思えない。

（私ってば色々考えすぎだわ。まるで自分の罪を軽くしようと言い訳を探しているみたい）

己の狡《ずる》さにため息を吐いて、チェーリアはマンデルの頭を撫でるとケージの前から立ち上がった。

「そろそろ戻らなくっちゃ。また来るからね、マンデル。早く怪我が治るようにお利口にするのよ」

去ろうとするチェーリアを見つめ、マンデルは悲しそうな声で鳴く。

その姿があまりに可哀想で涙が込み上げてきそうになりながら、チェーリアは何度も振り返りつつ部屋から出ていった。

犬舎の外に出ると空はもう夕暮れに染まっていた。最近は日が沈む時間が早くなってきた気がする。夏もそろそろ終わりだ。

茜色の空を見ていると、チェーリアは切なくなってくる。

ここに来て数週間は確かに楽しかった。せわしなかった時期から解放され、マンデルや侍女とのんびりと過ごすことができた。ヴィクトルも帝都にいたときより肩の力が抜けていて、チェーリアとふたりきりで過ごす時間も多かった。

初めて夏の離宮で過ごすチェーリアのために彼が周辺を案内してくれたこと、ふたりきりで庭園を散歩して彼にキスされたこと、書斎での秘密の睦み合い、夜中にベッドから起き出してふたりでただ星を眺めたこともあった。

夕焼けを見ているとどうしてかヴィクトルとの楽しかった思い出ばかりが浮かぶ。

騒動が起きてからはとてもヴィクトルとのんびり過ごせるような雰囲気ではなく、食事と寝室以外では顔を合わせることもやめてしまった。

あの楽しかった時間はもう二度と戻らないような気がして、気がつくとチェーリアの瞳からは涙が溢れていた。

「やだ、どうして涙が……」

チェーリアはハンカチを取り出して目もとを慌てて拭う。こんな情けない姿は誰にも見られたくない。

それなのに涙は今まで耐えていた分だけすべて流れ出るかのように、次から次へと溢れてくる。自分でもどうしようもなく手近な木の陰に身を隠し両手で顔を覆って涙が止まってくれるのを待った。

そうして数分が経った頃だった。芝生を歩く足音を背後に感じて、チェーリアは顔を上げて振り返った。

「チェーリア様……！」

「……ヘス卿……」

そこにいたのは側近のヘス子爵だった。

彼が驚いた表情をしているのを見て、チェーリアは慌てて顔を隠す。泣き顔を見られてしまった。

「チェーリア様……」

ヘス子爵は眉根を寄せると、少しためらってから手を伸ばしチェーリアの肩に触れてきた。

「離してください、ヘス卿。見なかったことにしていただけることを私は望みます」

彼から顔を背けたまま告げた声は、内容の強さとは裏腹に涙に震えている。

皇后が物陰でメソメソ泣いているところなど見られるのは恥でしかない。どうかこの醜態を見ないふりをして通り過ぎて欲しかったと思う。

ところがヘス子爵は思いも寄らない行動に出た。

彼の胸に抱き寄せられ、チェーリアは驚きのあまり状況が呑み込めずしばし固まってしまった。

「チェーリア様、どうか悲しみをひとりで背負わないでください。僕はなんの力も持たない宮廷官ですが、あなたのそばで悲しみを分かち合うことはできます。あなたが望むならその美しい涙も見なかったことにいたしましょう。ですからどうか、今は背負いすぎている悲しみをここで吐き出してください」

彼の声はとても真摯だ。そして微かに震えている。主君である女性を抱きしめることがどれほど罪深いか、彼はわかっているのだろう。

チェーリアは激しく動揺した。昔は王女で今は皇后であるチェーリアを大胆にもいきなり抱きしめてきた男性など今までいない。軽くあしらうには年若い皇后は未熟だった。

「あ……ありがとう、ヘス卿。でも、放してください。このようなことをされては困ります」

抱きしめていたヘス子爵の胸を押すと、彼は抗わずゆっくりと離れていった。

沈黙の中で見つめた彼の顔は戸惑っているように見えた。それが自分の行動を恥じてなのか、チェーリアに拒まれたせいなのかはわからないが。

「あなたの真心には感謝いたします。けれど私は皇后。そのような慰めは不要です」

冷静な口調でチェーリアはヘス子爵を咎めた。本当はまだ心臓が爆発しそうなほど鼓動が暴れていたが、矜持だけを頼りに背筋を伸ばし顔を上げる。しっかりヘス子爵を見据える青い瞳には、先ほどまで泣いていた少女の面影はもうなかった。

「申し訳ございません。僕はただ敬愛する皇后陛下のお力になりたくて……無礼をどうかお許しください」

ヘス子爵は胸に手をあてて慇懃な礼をしたが、引き結んだ口もとは本当は何か別のことを言いたそうだ。

チェーリアはそれを見なかったことにしてクルリと背を向け、宮殿に向かって歩きだした。

「戻りましょう。もうすぐ晩餐の時間だわ」

ヘス子爵はその後ろをすぐについてきたが、西の空からひんやりとした風が吹いてくるのを感じ、さりげなくチェーリアを庇《かば》うように隣に並んだ。

夕暮れの風はもう秋の香りがする。

隣にヘス子爵の熱を感じながら、チェーリアはどうしようもなくヴィクトルに会いたくて切ない思いを必死に胸に押し込めた。

九月も半ばになり暑さが落ち着いてきた頃、ヴィクトルとチェーリアたちは帝都の本宮殿へと戻ってきた。

マンデルもほぼ回復しチェーリアの部屋で過ごせるようになり、ヘレナも足の包帯が取れて普通に生活できるようになった。

チェーリアは毎日ヘレナの部屋へ見舞いに行っていたが、快方の報せに少しだけホッと胸を撫で下ろした。もっとも、傷跡が残ることが一番問題であるのに変わりはないけれど。

のんびりした夏が終われば、また日常の忙しさが戻ってくる。チェーリアは気を取り直し皇后としての公務に日々専念した。

そんなある日のことだった。新しくできた帝立孤児院の慰問にヴィクトルと行くことになったのは。

慈善活動は皇后の仕事なので孤児院への慰問は慣れている。しかしヴィクトルが提案してきたことにはチェーリアは驚かざるを得なかった。

「子供は動物が好きだろう。宮殿の愛玩犬やロバやオウムなどを連れていく。せっかくだ、お前の犬も連れていけ」

「えっ？　で、でも」

動物に心を癒やす効果があることは最新の研究でも認められている。親を亡くした子供たちが動物と触れ合うのはとても情操によいだろう。そのことについては賛成だ。

けれどマンデルまで連れていくと言われてチェーリアは困惑した。

「マンデルは……子供を噛んでしまうかもしれません」

マンデルが凶暴な子ではないと信じているが、ヘレナの一件を考えるとチェーリアは自信がなかった。もしまた同じ過ちを犯してしまったら今度こそチェーリアは立ち直れないし、マンデルも処分されかねない。

しかしヴィクトルはそんな憂いなど必要ないとばかりに言う。

「噛むかもしれないのはどの犬も同じだ。噛まないようにお前がしっかりと見ておくことだな」

ためらう気持ちはあったが、彼の言うことももっともだと思いチェーリアはおずおずと頷いた。自分がマンデルをしっかり抱いておけばいいのだ。

そうして翌週、ヴィクトルとチェーリアは動物たちを乗せた馬車と一緒に帝都郊外にある孤児院へと向かった。

孤児院の建物はまだ真新しいが、暮らしている子供たちはもうすっかり馴染んでいるらしい。ふたりは到着するなり聞こえてきた子供たちの賑やかな声を聞いてそう思った。

孤児院の院長らが恭しく出迎えをし、子供たちはこの日のために練習してきた歌を合唱してくれた。なんとも愛らしい歓迎にチェーリアは思わず頬が緩む。

チェーリアは動物も好きだが子供も大好きだ。純粋で活力に溢れる姿はとても愛おしい。

歓迎式が済むと、侍従たちが馬車から動物を降ろしてきた。思いも寄らなかった可愛いサプライズに子供たちは目を輝かせて大喜びする。

「可愛い！　みんな体がフワフワしてる！」

「ロバだ！　ねえ、乗ってもいい？」

「わあ、この鳥お喋りするよ！」

大はしゃぎする子供たちの姿に目を細めていたチェーリアに、侍従がそっとマンデルを渡してきた。それを見た子供らが数人、すぐに足もとに寄ってくる。

「皇后陛下。その犬はなんていう名前ですか？」

興味津々で尋ねる女の子に、チェーリアは身を屈めて目の高さを合わせると微笑んで答えた。

「マンデルという名前なの。毛の色がマンデル《アーモンド》にそっくりでしょう？」

「本当だ、そっくり！」

「なんだかいい匂いがしそう！」

皇后陛下が気さくに答えてくれたことが嬉しかったようで、少し緊張気味だった子供たちの顔が次々に綻んだ。それを見てチェーリアも嬉しくなってくる。しかし。

「すごくフワフワ……。皇后陛下、マンデルを撫でてもいいですか？」

その無邪気な質問に、チェーリアは一瞬体を強張らせた。

抱っこしているのだからいきなり噛みつくことはないとわかっていても、ためらう気持ちが湧いてしまう。今はおとなしくお利口にしているが、もしマンデルの態度が急変したら。こんなに可愛い子供たちに怪我をさせてしまったら。そんな不安が胸によぎってチェーリアはすぐに答えられなかった。

すると、ふと視線を感じて顔を上げると少し離れた場所からヴィクトルがこちらを見ていた。彼はただジッとチェーリアを見つめている。その視線は『何を怯《おび》えているんだ、らしくもない』と言っているみたいだ。

（……そうよ、私が不安になっていたらマンデルも怯えてしまうわ。私が堂々としてマンデルも子供たちも安心させてあげなくちゃ）

「犬は上から撫でられると驚いちゃうの。だから下から手を伸ばして撫でてあげてね。顎の下や体の横を撫でてあげると喜ぶわ」

チェーリアは再び笑みを浮かべると、子供たちが撫でやすいようにマンデルを抱え直した。子供たちは素直に助言に従い、少しだけ緊張しながらマンデルに手を伸ばす。

「わ……柔らかい。それに温かいわ」

「あたし、初めて犬をさわりました。犬は怖いと思ってたけど、マンデルはちっとも怖くないです」

「僕も犬は吠えて噛むから嫌いだったけど、この子はすごく可愛い！　さすがは皇后陛下の犬だ！」

撫でる手をおとなしく受け入れているマンデルに、子供たちは大喜びだ。人懐っこいマンデルもやがて尻尾をピコピコと振り、嬉しそうに舌を出した。これは遊びたいという合図だ。

「マンデルはあなたたちとお友達になりたいみたい。遊んであげてくれる？」

チェーリアの問いかけに、子供たちは頬を紅潮させて何度も頷いた。チェーリアは侍従が持ってきた長めのリードをマンデルに繋ぎそっと床へと降ろす。

「この子はボール遊びが大好きなの。ほら、こうして転がしてみて」

布でできたボールを転がすと、マンデルは大はしゃぎでそれにじゃれた。そしてボールを咥《くわ》えて得意そうにチェーリアのもとへ持ってくる。

子供たちはマンデルの好きな遊びをすぐに理解した。四、五人の子供たちで輪になってそれを真似すれば、場はたちまちはしゃぐ声で賑わった。

すっかり仲よくなったマンデルと子供らを見て、チェーリアは安堵すると共に胸に温かいものが広がっていくのを感じる。犬は人間のよき友人だという気持ちを久々に思い出した気がした。

（今日はマンデルを連れてきてよかったわ）

活き活きと子供たちの間を走り回るマンデルを、チェーリアは穏やかな笑顔で眺め続けた。


帰りの馬車で、チェーリアは心から寛いだ顔をしていた。行きのときにそこはかとなく漂っていた緊張と不安はもうどこにもない。

「皇帝陛下、今日はありがとうございました。子供たちも大喜びだったし、マンデルもとても楽しそうでした」

チェーリアは向かいの席に座るヴィクトルに礼を述べた。もとはといえば彼が動物を連れていこうと提案してくれたおかげだ。そのことに感謝したい。

しかしヴィクトルは何かを考えているようで、腕を組んだまま答えなかった。

「皇帝陛下？」

不思議に思ってもう一度声をかけると、ヴィクトルは独り言のように呟いた。

「やはりお前の犬はやたらに人を嚙むような気性ではなかったな」

「え？　は……、はい」

もしかして彼も今日マンデルが子供を嚙まないか心配していたのだろうか。そのような懸念はおくびにも出さなかったので、意外だった。

「あの……」

再び話しかけようとしたが、彼はさらに考え込むように眉間に皺を寄せた。なんとなく声をかけるのが憚られるようで、チェーリアは口を噤む。

嬉しかった気持ちを彼と共有したかったチェーリアは少しだけ寂しく思いながら、窓から外の夕焼け空を眺めた。

秋になると社交シーズンは本格化し、王侯貴族は狩猟会に舞踏会や夜会に、さらにはお茶会にサロンにと忙しくなってくる。

社交界は王族にとって公務と同じくらい大事なものだ。

国内の貴族とはいっても皆が皆皇室に好意的で味方なわけではない。そういった者を放っておくとやがて対立する派閥や勢力に育ち、何かと公務や外交の足枷になったり、皇室の権力衰退に繫がってくる。

そんな事態にさせないためにも、社交界で人脈を作り情報を収集し味方を増やしておくことは重要だ。ましてやチェーリアは結婚してまだ一年も経っていないのだから味方も多くないし、社交界での情報にも精通しきれていない部分がある。

皇后として初めて迎える社交界シーズンにチェーリアは並々ならぬ気合を入れていた。

「けど……それにしたって数が多いわ」

しかし気合にも限度がある。チェーリアは自分の執務机に積まれた招待状の山に眩暈を起こしそうになりながら、小さくぼやいた。

机に積まれているのは舞踏会、晩餐会、夜会、お茶会、サロン、それに誕生日などパーティーの招待状だ。すべて皇后あてで国内外から連日数十通来ている。

チェーリアが社交界で人脈を増やしたいように、貴族たちもまた新皇后と繋がりを持とうと必死なのだ。

チェーリアは招待状のひとつひとつに目を通すのはもちろん、参加不参加の返事も書かねばならない。もちろん、誰がどんな家柄でどのような人脈があって派閥はどうなのかを調べ厳選した上で。

侍女たちと相談しながらどの招待を受けるか決め、その後はずっと返事を書き続けている。侍女に代筆させてもよいのだが、さすがに一年目くらいは自分の手でしたためたい。皇后なりの誠意を表すことは大事だ。

「手が痺れてきちゃった……」

もう数時間も返事を書き続けてきたチェーリアはさすがに疲れを感じてペンを置き手首をブラブラと動かす。目も疲れてぼんやりしてきたので窓の外でも眺めようと思ったときだった。

「チェーリア様。本日の招待状が届きました」

侍女が銀のトレーにどっさりと封筒の山を載せて入ってきた。チェーリアは気が遠くなりそうになりながら「あ、ありがとう」と微笑む。

また一段と高くなった執務机の上の招待状の山に思わず逃げ出したくなるが、チェーリアは深呼吸をして気合を入れ直すと椅子に姿勢正しく座り直した。

(これは帝国皇后の重要な責務よ。一通だって疎かになんかできない)

そうして一心不乱に招待状を確認し返事を書き続け夜を迎えるという作業を、チェーリアは連日繰り返した。

そんな慌ただしい中で迎えた十一月。

今日ひときわ宮殿がバタバタと賑わっているのは、ヘレナの誕生日を祝う宴があるからだ。

皇帝皇后ほどではなくとも、皇族の誕生日ともなれば大規模なパーティーが催される。

特にヘレナは今は独身の妙齢だ。皇室との繋がりを期待して彼女との結婚を望む貴族が国内外からは多く集まった。

チェーリアももちろんパーティーに出席する。

皇族の祝宴ともなれば格がひとつ上がる。ドレスやアクセサリー選びには慎重を期した。お祝いの席ではあるが派手すぎず、けれども主役のヘレナを引き立たせられるような華があること。立場は当然チェーリアの方が上なのだからへりくだりすぎてもいけない。

チェーリアは一ヶ月前から誕生会に行くためのドレスを思案し、侍女たちとも相談してティアードスカートのエメラルドグリーンのものに決めた。

侍女が集めた情報によるとヘレナはピンク色の小花柄のものを着るらしい。彼女を引き立てるにはちょうどよい選択だろう。ドレスの生地も光沢が出すぎないものを選んで発注した。

色々と神経を使う面倒さはあるが、それでもチェーリアはヘレナの誕生日を心から祝いたいと素直に思っていた。

夏の離宮での騒動のあと、チェーリアはヘレナの傷を気に病みすぎてギクシャクとしてしまった時期があった。けれどヘレナはそんなチェーリアに『気になさらないでください、皇后陛下。どうかもとの明るい笑顔をお見せください』と逆に気遣ってくれたのだった。

そのことにチェーリアはいたく感動した。そしてヘレナに比べ自分の未熟さを思い知った。

やはり彼女は素晴らしい女性だ。自分がつらいときでも周りへの気配りと優しさを忘れない。

チェーリアはそんなヘレナの心に励まされ、気を取り直し、ようやく彼女の前でも笑顔になることができたのだった。

そんな素晴らしいヘレナの誕生日を、心からお祝いしたいとチェーリアは思う。プレゼントも素敵な靴と日傘を用意したし、パーティーに着ていくドレスも厳選した。彼女にかけるお祝いの言葉ももう考えてある。

（ヘレナ様、喜んでくださるかしら）

そうして楽しみな気持ちで迎えた当日――チェーリアは思いも寄らぬ事態に見舞われた。

パーティーは宮殿の大広間で行われた。五十名を超す客人たちで賑わい、誰もが今か今かと主役であるヘレナの登場を待った。そしてようやく正面の扉が開かれヘレナが入場したとき、客たちの視線は主役である彼女に向けられたあと……驚きの色を浮かべてチェーリアを振り返ったのだった。

「え……？」

だが一番驚いたのはチェーリアだ。

ヘレナはチェーリアととてもよく似たドレスを着ていた。清々しいエメラルドグリーンでフリルのついたティアードスカート。アクセサリーが植物モチーフなのも一緒だ。

（どうして!?　だってヘレナ様はピンクのドレスだって……）

チェーリアは混乱する。あれほど念入りに調べたのに、被るはずがない。

しかもチェーリアのドレスの生地は光沢こそないが、皇后としての威厳を損ねない上質な生地だ。これが別の色とデザインならば問題はないが、同じようなドレスならばどうしても格差が出てしまう。チェーリアのドレスは主役のヘレナより明らかに上等なものだった。

客たちはヘレナの登場に拍手を送りながらも、チラチラとチェーリアに冷たい目を向ける。ヒソヒソと交わし合う声からは「非常識」「わざと」「意地悪」といった言葉が聞こえてきた。

「チェーリア様……。いかがなさいましょう」

そばに控えていた侍女が困惑した様子で声をかけてきた。彼女もこの想定外の事態に動揺している。

「一度退室して着替えてくるわ」

チェーリアはそう答えるしかなかった。パーティーの主役と丸被りな上に格上のドレスを着続けるわけにはいかない。これはヘレナへの侮辱だ。もう大勢の人に見られてしまった以上、彼女の顔に泥を塗ってしまったことは否めない。

今は一刻も早くここから去って出直し、お詫びをするしかなかった。しかし。

「チェーリア様。今はいけません、お待ちください。もうご挨拶の順番が」

侍女のノイラート夫人が立ち去ろうとするチェーリアの腕を掴み止めた。

誕生日の祝いの言葉は、身内で身分が上である皇族から順番にかけることになっている。皇帝のヴィクトルが最初で、次は当然チェーリアだ。ヘレナはもうヴィクトルと向かい合って話をしている。

「けど……」

チェーリアは迷った。皇后がお祝いの声をかける直前にいなくなるのも失礼だし、このまま同じようなドレスで向かい合うのも最悪の事態だ。

「……やはり駄目よ。こんなのあまりにも無礼だわ」

そう考え踵を返そうとしたが「お待ちください、今退室される方が無礼にあたります」とノイラート夫人は眉根を寄せて腕を放そうとしない。

そんな悶着《もんちゃく》をしているうちに、ヴィクトルとヘレナの話が終わってしまった。

ヘレナは戸惑いを隠せない顔をしており、周囲も哀れみや非難、或《あ》るいは好奇心を浮かべた眼差しで注目している。

あまりにも最悪な状況にチェーリアがこめかみに汗を流したときだった。

「着替えてこい」

チェーリアと周囲にしか聞こえないほどの小さな声だったけれど、ヴィクトルが厳しい声ではっきりと言った。

周囲に一瞬緊張が走る中、チェーリアは一礼をすると急いで踵を返し足早に大広間を出ていった。挨拶の直前で去っていったチェーリアに会場はざわつきそうになったが、すぐに皇太后がヘレナに明るくお祝いの言葉をかけ、雰囲気を和やかにしようとする。

チェーリアは真っ青な顔をして自室へ向かう廊下を小走りで駆けていった。

(なんてことなの……ヘレナ様を傷つけた上、ヴィクトル様の怒りも買ってしまった)

先ほどヴィクトルの発した『着替えてこい』という声が耳から離れない。冷静だったが酷く厳しい声だった。まるで激しい怒りを滲ませているような。

ヴィクトルと出会い二年以上が経ち、彼の隣に並ぶのに相応しい皇后になろうと日々血の滲むような努力を続けてきたが、そのすべてが脆《もろ》くも崩れ去っていくような気がした。

今日の失態は帝国皇后としてあまりにも酷いものだ。同じ身内の皇族の顔に泥を塗ったということは、家長のヴィクトルに恥をかかせたも同然である。しかも過ちに気づいたときすぐさま去ればよかったものを、悶着していて彼に咎められてしまった。

どこまでもみっともない自分の姿に、チェーリアは悔しくて悲しくて怒りさえ覚える。

（ヴィクトル様はもう私を見限られたかもしれない……）

六月の連合会議での事件、八月の離宮での騒動、そして今回の失態。

今まで彼が妻の失態を叱責することはなかったが、さすがに三度目ともなれば呆れられて当然だ。

自分が悪いことはわかっているが、それでもチェーリアはヴィクトルに呆れられたことがつらくてたまらない。

『今あなたの目の前にいる無礼で生意気な小娘は大陸一の淑女になってご覧にいれます』

結婚前に大口を叩いた自分が滑稽で自嘲の笑いさえ込み上げてくる。何が大陸一の淑女だ、大陸一のみっともない皇后ではないか、と。

チェーリアは込み上がってくる涙をこらえ唇を噛みしめると、小走りの足を止めないまま自分の部屋へと飛び込んだ。

急いで黄色のドレスに着替え会場へ戻ったチェーリアは、刺すような非難の目が自分に向けられていることにすぐ気づいた。

先ほども冷たい視線は向けられていたが、今は明らかに責めるような色が含まれている。

（何事……？）

なんともいえない不安を感じながらも、改めてヘレナにお祝いの言葉をかけようと広間の奥へと進んだ。すると、潜めているようで聞こえよがしに話す声があちらこちらから耳に入った。

「本当に酷いお方。どれほどヘレナ様を虐めれば気が済むのかしら」

「チェーリア様は小国の出身ですもの。大帝国で生まれ育った本物の品格を持つヘレナ様が憎くてたまらないのよ」

「それなのにヘレナ様は健気にもチェーリア様を慕おうとしていたのに……」

「何度お茶会に招いても無視されるどころか、招待状の返事もくださらないそうよ。あまりにも意地悪だわ」

「私もヘレナ様のお茶会で聞いたわ。何度お誘いしてもチェーリア様が来てくださらないととても落ち込んでらしたの。ああ、可哀想なヘレナ様」

続々と聞こえてくる話に、チェーリアは思わず足を止めて「どういうこと？」と聞き返したくなった。

今日のドレスの件は見ようによってはヘレナに意地悪をしたように見えるだろう、けれどそれ以外のことには心当たりがない。特にお茶会や招待状とはなんのことか。ヘレナからそんな誘いを受けたことも招待状が届いたことも一度だってないのに。

何やら今日のドレスの件が引き金となって、尾ひれのついた噂話が爆発的に広まっているらしい。表面的には解決したはずの連合会議の晩餐会の件や、ヘレナの傷痕のことを宮殿外に広めないため緘口令《かんこうれい》を敷かれていたマンデルの件までチラホラ耳に入ってくる。

チェーリアはこの状況をどうしていいかわからない。ここで大声で弁解することなどできるはずもない。みっともない上に、ヘレナに同情が集まっている今誰がそれを信じるだろうか。

自分が悪役という立場に立っていることに気づいて、チェーリアは脚が震えそうになった。誰もがチェーリアを敵のような目で見ている。初めて知る恐怖だった。

ここから逃げ出したくてたまらなくなり無意識に目が泳ぐ。そのとき、会場の一角で側近らに囲まれ立っているヴィクトルが、黙ってこちらを見つめていることに気づいた。

途端にパッと、チェーリアの背筋が伸びる。

（駄目よ、チェーリア！　俯いては駄目！　ヴィクトル様に情けない姿は絶対に見せないわ。私は皇后。どんなときだって……たとえ処刑台に上がったって、矜持だけは決して失

ってはいけない）

瞳に凛とした強さを湛《たた》えたチェーリアは優雅な笑みを浮かべヘレナの前へ行くと、ドレスの裾を持ち軽く一礼をした。

「お誕生日おめでとうございます、ヘレナ公女殿下。この一年があなたにとって幸福であることをお祈りいたしますわ」

臆することなくにこやかにお祝いの言葉をかけたチェーリアに、注目していた客たちも、ヘレナも、驚いた様子で目を見開く。

「先ほどは突然退室して失礼いたしました。こちらの打ち合わせで少々手違いがあったの。お許しくださいね」

続けて淀《よど》みなく非礼を詫びた姿に、客たちの多くはチェーリアに冷たい視線を送ることをやめた。険悪な雰囲気にも呑まれず堂々とした皇后の姿に犯しがたい威厳を感じ、萎縮したのだ。軽率に貶めていいお方ではないと。

ヘレナはしばし呆然としていたが、すぐに柔和な笑みを浮かべた。

「お祝いのお言葉ありがとうございます、皇后陛下。先ほどのことはお気になさらないでください。間違いは誰にでもありますもの。それより今夜は皇后陛下にご参加いただけて嬉しく存じますわ。皇后陛下は大変お忙しく……私のお誘いは受けていただけないものかと、とても寂しく思っていたので」

「あら、おかしいわね。私は毎日招待状は一通残らず目を通し必ずお返事を書いています。けれどヘレナ様から招待状をいただいたことは今まで一度たりともないわ。お招きいただければ喜んで伺わせていただくのに」

ヘレナの発言から思わぬ弁解の機会を得て、チェーリアはきっぱりとした口調で答えた。周りで聞いていた者たちも、不思議そうな顔をして潜めた声でざわつく。

「……何か行き違いがあったのかもしれませんね」

穏やかな笑みをずっと浮かべていたヘレナの顔が、わずかに曇る。

チェーリアは彼女の言うとおり何か手違いがあって招待状が届かなかったので、わざとだと思わないで欲しくて反論したのだが……妙な違和感を覚えた。

(何かしら。なんだかしっくりこない気がする)

考え込みそうになったそのとき、ふたりの間にノイラート夫人が割って入ってきた。

「チェーリア様。私、ヘレナ様からの封筒が届いたのをこの目で見た気がします。招待状は確かに届いておりました。きっと他の書類に紛れているのかもしれません、お部屋を探しておきますね」

侍女の思わぬ証言に、今度はチェーリアが目を丸くする。招待状は他の書類とは別の場所に置いていた。紛れ込むはずはない。

しかしヘレナが出したと言ってノイラート夫人が見たと言うのなら、部屋には届いていたのだろう。納得はできないが慢心してもいけない。チェーリアは「そうね。部屋をよく探しておいてちょうだい」とノイラート夫人に命じた。

真相はまだはっきりしないが、これ以上ここで話していても意味がない。それにチェーリアがヘレナからの招待をわざと無視していたわけではないと弁解できただけで十分だ。

チェーリアは「それでは。よいお誕生日を」と言い残して、ヘレナの前から去っていった。

会場の客たちの多くはもう先ほどのような責める目でチェーリアを見たりはしない。ふたりの会話から何か行き違いがあったようだし、むやみに皇后を貶めてはいけないと自省したからだ。

しかし、先ほどよりいっそう侮蔑や嫌悪の目を向ける者もいる。

「何よ、開き直っちゃって。皇后の権威を笠《かさ》に着てヘレナ様を堂々と虐めるなんて、なんて酷い女なの」

「招待状のことがどうあれ、わざと似たドレスを着てきてヘレナ様に恥をかかせたことは事実だ。性悪女め、あれがこの国の皇后だなんて嘆かわしい」

「招待状のことだってきっと嘘をついているだけだわ。ああやって強気に反論してヘレナ様が悪いように見せかけているのよ。だってチェーリア様がヘレナ様のスープに硝子を入れたり犬をけしかけたりしたことは揺るぎない事実ですもの。あらゆる手でヘレナ様を虐めようとしているんだわ」

彼女らは特にヘレナと交流の深い者たちだ。今日の誕生会はヘレナと親しい者が多いが、彼女たちは心酔といっていいほどヘレナを慕っている。その数は決して少なくない。

「じつは私……とんでもない噂を聞いてしまったの」

扇で口もとを隠し陰口にいそしんでいた夫人のひとりが、さらに声を潜めて言った。

「夏の離宮で皇后陛下は側近のヘス卿と逢引《あいびき》なさっていたそうよ」

とんだ爆弾発言に、共に話していた者たちは思わず叫びそうになった口を慌てて押さえた。

「まあ……、まあ！　まあ！　なんて恥知らずなの！」

「皇帝陛下を裏切るなんてあり得ない！　それが本当なら皇后陛下は国家に対する謀反者だ！」

「だから僕はこの結婚には反対だったんだ、新興国の王女など品性の欠片もない。まだ他の国の花嫁候補の方がマシだった！」

「信じられないわ、まだ結婚されて一年も経っていないのに。その噂は本当なの？」

「本当よ。だって……皇后陛下の側近の方が言ってらしたのですもの」

彼女らは噂話に顔を真っ赤にして激高している。それを遠目に見て、微かに口角を上げた者がいた。

（ふむ。やはり性悪よりはふしだらの方が効果は大きそうだな）

その男は他の者と歓談しながら、周囲の話し声に耳をそばだてる。それから近くにいた侍従に何かを命じ、小瓶を彼の手に握らせた。

第五章　重見天日

ヴィクトルはパーティー用の儀典装から着替えることもなく、三階の廊下を歩いていた。時間は夜の九時。これから仮面舞踏会をするので是非参加して欲しいというヘレナの誘いを断って、大広間から退室してきた。

向かうのは、ひと足先にパーティーから引き揚げたチェーリアのもとだ。

些細なことで動じていないとでもいうように凛然としていたチェーリアだったが、その心がどれほど震え虚勢を張っているか、ヴィクトルにはわかっていた。

弱みを見せず強く振る舞えるところは彼女の美点だ。俯かない女であることはこの大帝国皇后にとって必須でもある。だからこそヴィクトルは、二年前のお見合いで大失態を犯しても泣かずに食ってかかってきた彼女に才覚を感じ、やり直す機会を与えたのだし、他の花嫁候補ではなくチェーリアを選んだのだ。

しかし、どんなに強く見せかけてもチェーリアはまだ二十歳にも満たない少女だ。本当は何度も涙をこらえていたことぐらいわかる。

そして今夜も。彼女は涙が溢れないよう何度も奥歯を噛みしめ、震えそうになる脚に力を籠めながら微笑んだことだろう。

それが彼女なりの困難の乗り越え方だということもヴィクトルはわかっている。側近らが優しく声をかけ慰めるたび、彼女が泣きたくなる気持ちをさらに心の奥深くに押し込め微笑む姿を見てきたのだから。

ましてや自分が声をかけたところで、チェーリアが素直にしおらしくならないこともわかっている。結婚前から彼女が反発心を抱いていることも知っているし、ヴィクトルは今まで飴と鞭の鞭の役割を担ってきた。そんな関係が簡単に覆らないこともわかっている。

けれどそれでも――今夜はチェーリアを抱きしめてやらなくてはいけないと思った。

ドレスのトラブルで激しく動揺していた彼女は、会場に戻ってきたときに酷く怯えていた。周囲の目に敏感になっていたようだった。

俯きそうになったチェーリアに声をかけにいこうかと思ったとき、彼女はこちらを見てから再び顔を上げた。その姿は勇ましくさえあったが、触れれば偽りの笑顔の仮面が剝がれ泣き顔が覗きそうなほど脆くヴィクトルの目には見えた。

ひと足早くパーティーを退席したチェーリアは、きっと部屋でひとり声を殺して泣いているに違いない。そんな予感がした。

（……あいつは意地を張りすぎだ。情交中に『好き』だと漏らすほど俺に惚れているのなら、いい加減素直に涙を見せればいいものを）

気丈な彼女を好ましく思うが、こんなときでさえ甘えてこないことをもどかしくも感じる。もっと俺に甘えて頼ればいいだろうにと、燻るような思いを抱え始めたのはいつからだろうか。

ヴィクトルは廊下を歩きながら心を決めていた。今日こそはチェーリアが作り笑いをしようが、慰めは不要だと突っぱねようが、絶対に胸の中で泣かせてやると。

……もしかしたらそれは彼女を思いやってのことではなく、単に自分が妻のすべてを知って受けとめたいだけかもしれないが。

己のままならぬ気持ちに自嘲しながら、ヴィクトルが廊下の角を曲がろうとしたときだった。

「……ありがとうございます、ヘス卿」

「いいえ。あなたの涙を乾かすことができたのなら光栄です」

「ヘス卿にはいつもこんなところを見られてしまいますね。……あの……」

「わかっております、誰にも言いません。あなたの美しい涙は僕の胸にだけ留めた秘密です」

聞こえてきた男女の会話に、ヴィクトルは足を止め目を瞠《みは》った。

「では、僕はこれで」という声と共にひとり分の足音が遠ざかっていく。そして少しの後に、部屋の扉が開いて閉まる音がした。

ヴィクトルの顔は表情を失くしていた。その代わり、緑色の瞳には濃く濁った感情が蠢いている。この気持ちをなんと呼ぶのかは以前ルーベンス伯爵に教わったが、そんな生易しいものではないと感じる。

ヴィクトルは踵を返すと、今来た廊下を戻っていった。

そして自室へ戻りワインを煽ると、今夜は夫婦の寝室へは行かなかった。

チェーリアはぼんやりとしていた。

ヘレナの誕生会から三日が経つが、何もやる気が起きず公務の手がつい止まってしまう。

原因はわかっている。三日前からヴィクトルが夫婦の寝室へ来なくなったことだ。

彼は仕事が忙しいことを理由にしていたが、それが嘘であることはチェーリアにはわかる。食事や夫婦で臨む公務のときも彼から話しかけてくることはなく、こちらから声をかけても慇懃でそっけない返事がくるだけだった。

（本当に……見放されてしまったんだわ）

チェーリアにはそうとしか考えられなかった。度重なる失態、そしてヘレナの誕生日会での出来事が決定打となり、呆れ果てたヴィクトルは妻に見切りをつけたのだ。

二年前のお見合いからチェーリアががむしゃらに努力してきたのは、ヴィクトルに認められたかったからだ。けれど認められる前に見放されてしまったのならば、これからはいったい何のために努力をすればいいのだろうと思う。

悲しみと喪失感で、チェーリアは何も手につかない。公務も、食事も、睡眠さえもろくにとれない有様だ。

だからといって何もかもを放り出すわけにもいかず、せめて公務だけは無理やりにでもこなしている。顔が痛くなるような作り笑いを湛え、頭が回らないので聞いた話はすべてメモに取り、機械的に手紙や書類にペンを走らせた。

側近たちに気を使わせぬよう表面上はいつもと変わらぬように振る舞っていると、なんだか心と体が分離してしまったようにチェーリアは感じる。本当の自分は膝を抱えてずっと泣いているのに、普段と同じように微笑んで活動している顔と体が不思議だ。

しかし食事も喉を通らず睡眠もろくにとれていないとなれば、体は当然不調をきたす。

チェーリアがついに倒れてしまったのは、ヘレナの誕生会から五日が経った昼のことだった。

執務室で招待状の返事をしたためていたチェーリアは、眩暈を起こし椅子から転げ落ちてしまった。

驚いた侍女たちがすぐに服を寛がせベッドに運び侍医を呼びにいこうとしたが、チェーリアはそれを止めた。

「大丈夫、軽い貧血よ。それより大事にしないで。陛下のお耳に入れたくないの。公務もろくにできない皇后だと思われたくない……」

蚊の鳴くような声で弱々しく訴えたチェーリアの気持ちを思い量って、侍女たちは悲痛そうな表情を浮かべて頷いた。侍女たちも馬鹿ではない、チェーリアが落ち込みながらも気丈に振る舞っていたことぐらい、とっくに見抜いている。

「チェーリア様、どうぞゆっくりお休みください。招待状のお返事は私どもが代筆しておきますから」

「そうですとも。夜あまりお眠りになられていないのでしょう？　今温かいミルクをお持ちしますから、それを飲んでお休みになってください」

侍女たちの真心が身に染みる。うっかりすると泣いてしまいそうだ。

けれどチェーリアは枕に沈めたままの頭を小さく横に振ると、「十分も休めば平気だから」と力なく微笑む。侍女たちはやるせない思いで、悲しそうに眉根を寄せるしかなかった。

チェーリアが瞼を開けると、部屋が夕暮れのオレンジ色に染まっていた。

「……え？　今、何時……？」

時計の針は夕方の五時を指している。どうやら十分だけ横になるつもりが、すっかり寝入ってしまったようだ。

焦ってベッドから降り、見回した部屋には誰もいない。おそらく皆チェーリアを静かに休ませようと気遣って出ていったのだろう。机の上には侍女が代筆したと思われる招待状の返事が束になってきちんと置かれていた。

のろのろと机の前まで行き、チェーリアは深くため息をつく。

「私って本当……駄目な皇后ね」

情けない自分に、とことん嫌気が差した。唯一の取柄である努力さえできなくなった自分にいったいなんの価値があるのだろうと、ここにいる意義さえ見失う。

ふと、テーブルにある花瓶に目が留まった。ピンクとオレンジのカレンデュラ。五日前のパーティーのあとに部屋までやって来たヘス子爵が、チェーリアを慰めるため持ってきてくれたものだ。

明るく可憐《かれん》なカレンデュラは見ているだけで元気をくれる。チェーリアは手を伸ばしそっとピンク色の花びらに触れた。

そのときだった、部屋のドアがノックもなく開いた。

「誰？」

驚いたチェーリアが目を向けると、水差しの載ったトレーを持ったヘス子爵が「わっ、チェーリア様！」と目を丸くしてドアから半分だけ体を入れたところだった。

「も、申し訳ございません。お水を持ってきたのですが、侍女たちからチェーリア様はお休み中だと聞いていたもので、起こしてはいけないと思い……」

慌てて弁解するヘス子爵に、チェーリアはクスッと小さく笑うと「いいのよ、どうもありがとう」と言って彼を中に招き入れた。

「お加減はいかがですか？」

トレーをテーブルに置いたヘス子爵が、水差しからグラスに水を汲んでチェーリアに手渡す。

「もう大丈夫。すっかり寝入ってしまったわ、晩餐までに髪を整え直さなくっちゃ」

ソファーに座りグラスの水を飲んで息を吐き出したチェーリアは、時計を見上げてから侍女を呼ぶためのベルを鳴らそうとした。ところが。

「……お待ちください、チェーリア様。晩餐は欠席されてはいかがですか？」

「え？」

ベルに伸ばした手をヘス子爵に摑み止められてしまった。

「まだ顔色が優れないようです。僕が手配しますから、お食事はお部屋でとられてはいかがですか」

「あ……ありがとう、ヘス卿。でも晩餐の席に顔を出すことも皇后の務めよ。大丈夫、もう体調はすっかりいいから」

本音を言えば晩餐の席には出たくない。今の状態でヴィクトルと顔を合わせるのもつらいし、チェーリアには素っ気ない彼がヘレナとの会話には柔和な態度で返すのを見るのもつらいからだ。しかしそんな我儘はもちろん許されない。

「さあ、もう支度をしなくては。手を放して、ヘス卿」

ヘス子爵の様子がおかしいと気づいたのは、そのときだった。

「ヘス卿……？」

彼は摑んだ手を離さないどころか、ますます力を籠めてくる。しかも手は小刻みに震え汗をかいており、呼吸までやけに乱れていた。

「チェーリア様……。僕はあなたを心からお慕いいたしております。あなたが入宮してきた日に僕はあなたの気高く潑溂《はつらつ》としたお姿に心奪われ、それからずっとあなたの支えになりたくて尽くしてまいりました。しかし……！　僕はもう見ていられない！　日に日に悲しみに曇っていくあなたのお姿を！」

抑え込んできた感情を爆発させるように叫んだヘス子爵に、チェーリアは驚きで目を剝いたあと恐怖を覚える。

彼はまともではない。見開かれた血走った目に、興奮で赤らんだ顔。酒か……薬だろうか、異常な興奮状態にあるのが見て取れた。

「落ち着いて、ヘス卿。あなた普通じゃないわ。どうか鎮まってちょうだい」

「僕は落ち着いています！　普通じゃないのはこの宮殿の方だ！　この宮殿は異常だ、よってたかってチェーリア様を孤立させて……皇帝陛下まで……。チェーリア様、あなたはこんなところにいるべきではない。僕と逃げましょう。僕が必ずあなたの笑顔を取り戻してみせます」

爛々と輝く目で見つめられて、チェーリアはゾッと背を冷たくした。部屋から逃げ出そうとしたが、手首をヘス子爵に摑まれたままなので動けない。

「嫌……っ、放して！　助けて、誰か――」

叫ぼうとした口を手のひらで押さえつけて塞がれた。ヘス子爵は片手でチェーリアの口を塞いだまますう片方の手で腰を抱き寄せ、自分の体ごとソファーに押し倒した。

「愛しています、チェーリア様。怖がらないで。僕が幸せにしてさしあげます。だから安心して……僕のものになってください」

顔を覗き込んでくる彼の目は焦点が合っていない。自分がこれからどんな目に遭うのかを想像して恐怖に慄いたチェーリアは顔を青ざめさせた。しかし。

「チェーリア様……」

「ひ、あ……っ⁉」

耳に口づけられた途端、チェーリアの体は過敏に反応してビクリと震えた。

さらに続けて耳孔をねっとりと舐められると、痺れるような愉悦が駆け巡って体が一気に熱くなった。

(何、これは？　体が変だわ)

心臓が異常に速く脈打ち、頭がクラクラとしてくる。思考が鈍くなっていくのに肌はやけに敏感になって、ヘス子爵の唇や手がどこかに触れるたび恐ろしいほどの刺激を捉えてしまう。

(……っ！　さっきの水……！)

ヘス子爵のまともじゃない様子といい自分の体の変化といい、これはきっと薬によるものだとチェーリアは思った。おそらく誰かがチェーリアが飲んだ水にも、彼にも、興奮剤のような薬を仕込んだのだ。

「へ、ヘス卿！　目を覚まして！　これは薬のせい——ぁあんっ！」

口を押さえられていた手をなんとか引き剥がし訴えようとしたとき、ヘス子爵に首筋を舐められてチェーリアは嬌声をあげてしまった。

自分の意志ではないとはいえこんなときにはしたない声をあげてしまい、チェーリアは恥辱で真っ赤になって自分の口を手で押さえる。

（なんということなの、私ってば……。夫でもない人に無理やり襲われているのに、あんな声を……）

しかし薬の効果は無情にもチェーリアの体を蝕《むしば》み、ヘス子爵が耳や首筋に愛撫するたびに耐えがたい快楽で翻弄し、口から無理やり甘い鳴き声を引き出した。

「いやっ、いや、ぁあんっ！　駄目っ……ひぁ、ああっ」

愉悦に呑み込まれてだんだん抵抗する手に力が入らなくなってくる。チェーリアは抗いたい一心で滅茶苦茶に手足をばたつかせた。その勢いでソファーが揺れ、バランスを崩したふたりの体が床に落ちてしまう。

しかも落ちた拍子にテーブルにぶつかり、チェーリアとヘス子爵は花瓶の水を頭から浴びてしまった。

「きゃっ、冷た……！」

髪はぐっしょり濡れてしまったが、冷たい刺激を浴びたせいで熱っぽかった頭がスッキリした。チェーリアはハッとして慌てて体を起こすと、共に倒れているヘス子爵から距離を取るように飛び退いた。

「あの……大丈夫ですか、ヘス卿？」

いつでも部屋の外に飛び出せるよう扉の前まで逃げてから、チェーリアは声をかけた。ヘス子爵は重たそうに体を起こし「う～ん」と唸《うな》りながら濡れた頭を横に振ると、テーブルにぶつけた後頭部を手で押さえながらチェーリアの方を向いた。そして真顔になったあと、みるみる顔を青ざめさせていく。

「あ……僕は、なんてことを……」

どうやら彼も正気に戻ったみたいだ。ガクガクと震えながら床に蹲《うずくま》ると、チェーリアに向かって頭を下げた。

「申し訳ございません！　僕は取り返しのつかない罪を犯しました、今すぐ僕を投獄してください！」

「落ち着いて、ヘス卿。とりあえず頭を上げてちょうだい」

確かに彼のしたことは大罪だが、それを咎めるのはあとだ。今は真相が知りたい。

「あなたも私も、おかしな薬を飲まされていたのよ。興奮剤……か何かかしら。ねえ、薬を飲ませたのは誰？　あなたは誰に命じられて私に水を持ってきたの？」

「薬……？」

顔を上げたヘス子爵はキョトンとしている。そして立ち上がって姿勢を正すとしばらく考え込んでから頭を傾げた。

「覚えていません……。昼食のあと執務をしていたら頭がぼーっとしてきて……、廊下で侍女たちがチェーリア様を心配する会話を聞いた気がします。そうしたら……チェーリア様のことが心配になって、その……僕が守るんだという気持ちが湧いてきて衝動的に突き動かされて……。あれ、おかしいな。水はいつ誰から受け取ったんだろう」

どうやらヘス子爵はチェーリアより強い薬を飲まされていたみたいだ。記憶が混濁している。

「そう。思い出したことがあったら教えてちょうだい」

もっと追及したい気持ちはあるが、今はとりあえずヘス子爵に出ていってもらうことにした。薬のせいだったとはいえ襲われかけたのだ。理屈ではなく、今はまだ彼とふたりきりでい続けることが怖い。

「お詫びの言葉もございません……。必ずやどんな罰も受けますので」

ヘス子爵は泣きだしそうな顔で何度も頭を下げて部屋を出ていった。

このことはとりあえず誰にも言わないように口止めをしておいた。彼の罪を裁くのは真実が明らかになってからだ。

それに今は騒動を起こしたくない。ただでさえチェーリアの最近の評判は落ちる一方なのに、側近に襲われたなど格好のゴシップだ。チェーリアは被害者だが、悪意のある尾ひれがついた噂が出回ることは想像に易かった。

ヘス子爵が出ていった扉の前で、チェーリアは脚から力が抜けてその場にへたり込んだ。ひとりになった途端に緊張が解け、体が震えだす。

自分の体を抱きしめながら唇を嚙みしめ、ギュッと瞼を閉じた。

(怖かった……怖かった……)

もしあのまま体を穢されていたらと思うと底知れぬ恐怖が湧いてくる。しかもたまたまヘス子爵が正気に戻ってくれただけで、何も解決していないのだ。

この宮殿に悪意を持ち卑劣な手を使ってチェーリアの心と体を穢そうとした者がいる。

その事実が何よりも怖かった。

（どうして？　何故こんなことを？　私をそれほどまでに憎んでいるの？　いったい誰が）

入宮してからずっとゲナウ宮殿の人たちを信頼していた。しかしそれは甘い幻想だったのだという事実が、チェーリアの心を深く傷つける。

（もう嫌……！　もう誰も信じられない……すべての人が怖い……）

チェーリアは床に蹲って震えながら泣いた。悪意に満ちた世界にたったひとりになってしまったような錯覚を覚える。

このまま部屋に閉じこもりもう誰とも顔を合わせたくなかったが、どんなにつらくても生粋の気位の高さがチェーリアにそれを許さない。

涙を手の甲で乱暴に拭うと、チェーリアは立ち上がって乱れた服と髪を直した。そしてグラスに残っていた水を空の小瓶に移してから、侍女を呼んだ。

「お体の具合はいかがですか？」と心配そうに尋ねる侍女に、笑顔で答える。

「ありがとう。おかげでもうすっかり元気よ」

たったさっき男に襲われ、この宮殿に潜む悪意に震えて泣き濡れた形跡など、これっぽっちも見せずに。

その日の夜。

チェーリアは頭を悩ませていた。自室の机の前に座り、小瓶を目の前で揺らし眉根を寄せる。

宮殿内に明らかな悪意を持った誰かがいると判明した以上、放っておくわけにもいかない。しかし、ひとりではどうにもならないのが現状だ。協力してくれる人を探したいが、今は誰が敵で誰が味方なのかもわからない。

ただひとり、敵でない可能性が高いのはヘス子爵だ。彼も薬を飲まされ利用された立場ならば、少なくとも敵の主犯ではないはずだ。

チェーリアは迷っていた。彼に協力を申し出るべきか。

（ヘス卿は様々な知識に富んだ人だから味方になってくれれば心強いわ。この薬の出どころもわかるかも。そもそも犯人に辿《たど》り着くには彼の証言が必須なのだし……やっぱり協力をお願いするしか……）

そう考えて彼を呼ぶベルに手を伸ばしかけては引っ込めるのを、チェーリアはさっきから繰り返している。襲われたときのことを思い出すと気持ちが竦んでしまうのだ。

ヘス子爵の行動は薬のせいで彼の意志ではないとはわかっていても、心に深く刻まれた恐怖は簡単には消えない。

ベルに手を伸ばしては躊躇《ちゅうちょ》するのを三十分以上繰り返して、チェーリアはギュッと目を瞑ると覚悟を決めてベルを鳴らした。

ところが。

侍従を呼ぶベルを鳴らしたはずなのに、数分後チェーリアの部屋にやって来たのはなんと――ヴィクトルだった。

「え……？　皇帝陛下……どうして」

ノックもせずにドアを開けて入ってきたヴィクトルを見て、チェーリアは目を丸くする。するとすぐあとに側近のルーベンス伯爵が駆けてきて、「陛下、どうか冷静に。落ち着いてください」と慌てた様子で叫んだ。

「うるさい。お前は口を挟むな」

苛立った様子でルーベンス伯爵を部屋から追い出し、ヴィクトルは扉を強く閉めた。チェーリアは意味がわからず立ち尽くしてしまう。

彼とはヘレナの誕生会以来、床を共にしていない。食事や公務のときも私的な会話はなく、こうしてふたりきりになるのは久しぶりのような気がした。

「いかがなさったのですか……？」

尋ねながら、チェーリアは視線を逸らせてしまう。今の自分が彼の瞳にどう映っているのか怖い。失態ばかりで抱く価値もない妻だと思われているに違いなかった。

ヴィクトルはズカズカとチェーリアの前まで行くと、机に置かれていたベルを手で薙《な》ぎ払って落とした。

床に落ちたベルが鳴らした大きな音に、チェーリアは驚いてビクリと体を跳ねさせた。

「こんな夜更けにあの男を呼び出して何をするつもりだ」

「……え?」

ヴィクトルはチェーリアに顔を近づけ厳しい目で睨めつける。緑色の瞳には明らかな怒りが浮かんでいる。

「そ……相談したいことがありまして……」

何故彼がこんなに憤慨しているのかわからない。今にも腰のサーベルに手がかかりそうで、チェーリアは密かにハラハラした。

「相談だと? 何をだ」

「えっと、あの……。ええと……」

チェーリアは戸惑った。ヴィクトルに今日の顚末《てんまつ》を話すのはためらわれる。彼が知れば間違いなく大事になるし、表沙汰にもなるだろう。そうなれば宮殿でまた誰かがチェーリアの悪い噂を流すのは目に見えている。そしてヘス子爵は即座に牢に入れられ、真相を解明するのが難しくなるに違いなかった。

本当のことが言えずチェーリアが言葉に窮していると、ヴィクトルは眉尻を上げ苛立たしげに舌打ちをした。

「呼んでも無駄だ。あの男は地下牢にいる」

チェーリアは耳を疑った。そして「ええっ⁉」と驚きの声をあげると、摑みかかるようにヴィクトルに急き込んで尋ねた。

「な、何故ですか⁉　私は何も聞いていません！　どうしてヘス卿が牢に⁉」

慌てふためくチェーリアを見るヴィクトルの目は暗い。彼は抑揚のない声で「何故だと？」と呟くと、口角を上げて歪《いびつ》な笑みを浮かべた。

「はっ、よく言う。廊下にまで響き渡るような喘ぎ声をあげておいて『何故』だとは白々しい。日も暮れぬうちから堂々と睦み合って、よほどあの男を愛しているようだな」

ヴィクトルの言葉を聞いて、チェーリアは時間が止まってしまったように感じた。何も考えられず唖然としたまま、全身が固まった。

目を瞠ったまま微動だにしないチェーリアを見て、ヴィクトルは忌々しげに再び舌打ちをすると、クシャリと前髪を搔き上げて背中を向けた。

「……くだらん。少しは気骨のある女だと思っていたが、俺の勘違いだったようだ。安っぽい甘言に靡《なび》くとはな」

部屋に沈黙が流れる。チェーリアの耳には激しく脈打つ鼓動だけがうるさく響いていた。

(どういう、こと……？　私が襲われたことをヴィクトル様が知ってる……？　違う、『愛しているようだな』と言ったわ。……何故……)

頭が完全に混乱して考えがまとまらなかったが、ふと先の出来事の裏に〝敵〟が潜んでいることを思い出した。

(……まさか、これが敵の本当の目的？　興奮剤を入れた水を私に飲ませ喘ぎ声をあげさせることで廊下の外にいた者に聞かせ、不埒《ふらち》な噂をたてさせて……その噂がヴィクトル様の耳に入ることを狙って……？)

考えてみればヘス子爵がことに及んだのは夕方だ。いつ部屋に人が訪ねてきてもおかしくない時間帯である。チェーリアを襲うだけならば人けのない夜を狙うべきだろう。

それなのにわざわざ夕方を狙ったということは、人けの多い時間帯を狙ったとも考えられる。廊下にいる者に、チェーリアのはしたない声を聞かせるために。

その考えに辿り着いたチェーリアはハッとして思わず叫んだ。

「違います！　私は不貞など働いておりません、誤解です！　ヘス卿は確かに私の部屋に来ましたが、それには理由があって――」

「もういい。聞きたくもない」

「陛下！　話をお聞きください！　ヘス卿は誰かに陥れられていたのです、私も彼も誰かの陰謀に――」

「もういいと言っているだろう！」

大声で遮られ、チェーリアは口を噤んだ。ヴィクトルがこんなに感情を露にして怒鳴ったのを初めて聞いた。

「……すべては法廷で明らかになる。案ずるな、お前は腐っても皇后だ。尊厳を失わせるようなことにはならないよう配慮する」

ヴィクトルは振り向かないまま淡々と告げた。その背は酷く孤独で、チェーリアを突き放しているように見えた。

「ヴィクトル……様……」

彼の耳にはもう自分の声は届かない。そう思った途端、彼の背中がとてつもなく遠く感じた。すぐ目の前にいるのに、ふたりの間に底のない亀裂が走っているようだ。

ほんの数ヶ月前までは確かに心寄せ合える瞬間があった。政略結婚だとしても彼の真心は本物で、胸のときめきはまごうことなく恋だった。

未熟だった心を何度も奮い立たせ成長させてくれたヴィクトル。厳しいけれど誰よりも見つめ続けてくれたのも彼だった。

そんなヴィクトルが、今は手が届かないほど遠い。

「……っ、う……うぅっ」

静かな部屋に、子供のような嗚咽《おえつ》の声が響いた。チェーリアのものだ。

驚いたように慌てて振り返ったヴィクトルの目には、ドレスの裾を握りしめ大粒の涙を流してしゃくり上げているチェーリアの姿が映る。その姿はまるで親に捨てられた哀れな幼子のようだ。

「ヴィクトル様の馬鹿……っ。どうして私の話を聞いてくださらないのですか、私は絶対にあなたを裏切っていないのに。私がどれだけあなたを好きか知らないくせに。あなたに相応しい皇后になりたくて、つらくても悲しくても悔しくても泣かずに頑張ってきたのにっ。ヴィクトル様なんて嫌い……！　ヴィクトル様なんて、もう……っ！」

チェーリアはみっともないほどに大声で泣いた。もうヴィクトルとは関係を修復できないのだと思ったら堰《せき》を切ったように涙と本音が溢れた。

彼と出会ってから二年、気丈であり続けたチェーリアが見せた初めての素直な涙だった。

ヴィクトルは呆気に取られしばらくポカンとしていたが、やがてハッとすると戸惑いながらも慌ててチェーリアに近づきギュッと腕に抱きしめた。

「お前は子供か。わかった、わかったから落ち着け。夫に向かって嫌いなどと軽々しく口にするな」

言葉はぶっきらぼうだが、ヴィクトルは片手で必死にチェーリアの頭を撫でてくれている。まるで泣く幼子をあやすように。

けれど落ち着けと言われても一度決壊してしまった涙腺はすぐには涙を止められない。胸に顔をうずめたままチェーリアがいつまでもしゃくり上げていると、ヴィクトルはひとまずチェーリアをソファーに座らせてから「今、温かいミルクを用意させる。クッキーも食べるか？」と声をかけて部屋から出ていき、数分後に手にトレーを持って戻ってきた。

「ほら、飲め。温かいものを飲めば落ち着く」

チェーリアの隣に座ったヴィクトルはトレーから湯気の立つカップを取って渡そうとしたが、泣きすぎてしゃくり上げるのが止まらなくなってしまったチェーリアは飲む気にならず首を横に振る。

するとヴィクトルは慣れない手つきでミルクに蜂蜜を入れて混ぜると、なんとフーフーとカップのミルクに息を吹きかけ冷ましてから再びチェーリアに差し出した。

「甘くして冷ましてやったぞ。飲め」

何か今信じられないようなものを見た気がしたが、チェーリアはとりあえずカップを受け取ることにした。そして口をつけて少しだけミルクを啜《すす》る。

彼の言うとおり温かい飲み物は気持ちを落ち着けてくれるようだ。口の中に広がった優しい甘さに、ホッと心が安らぐ。

チェーリアがミルクを飲む間、ヴィクトルは隣でジッと見つめてきて、時折優しく頭を撫でてきた。

「泣きやんだか？」

「……はい」

「クッキーも食べろ」

差し出されたクッキーを口に入れながら、少し冷静になってきたチェーリアはジワジワと現状の滑稽さを実感してきた。子供のように大泣きしてしまった自分も大概だが、甲斐甲斐しく子供をあやすようなヴィクトルもどうなのか。もしかしたら彼は誰かを直接慰める経験などしたことがないのかもしれない。

ようやく泣きやんだチェーリアを見て、ヴィクトルは安堵とも呆れともつかないため息を吐き出した。そして泣きすぎて赤くなったチェーリアの目もとを指でなぞってから、

「兎《うさぎ》みたいだな。あとで冷やしてやる」と仄かに笑った。

たったそれだけの言葉と微かな笑みなのに、チェーリアは胸が喜びに痺れるのを感じた。

（ヴィクトル様が私を思いやって微笑んでくれた……）

もう二度とないと思っていたその奇跡に、感激でまた目が潤んでくる。

「ヴィクトル様……っ」

再びポロポロと涙を零し始めたチェーリアに、ヴィクトルは一瞬驚いたようだったがすぐに抱きしめて背を撫でてきた。

「よく泣くな」

「申し訳ございません……」

「いい、こうなったら今夜は涙が涸れるまで泣き尽くしてしまえ。ずっとそばにいて抱きしめていてやる」

チェーリアは彼の胸の中で目をしばたたかせる。ヴィクトルがそんなことを言うとは思わなかった。王家としての品格を重んじる彼のことだ、涙どころかこんな大泣きする姿を見せたら絶対に呆れられ叱咤《しった》され愛想を尽かされると思っていたのに。

驚きはしたものの、チェーリアは嬉しくなる。今まで気を強く持っていた分、反動で思いっきり甘えたい欲求が出てきた。

「ヴィクトル様、ヴィクトル様」

彼の背をギュッと掴み胸板に頬を擦り寄せれば、彼は頭を撫でながら「ああ。ここにいるぞ」と応えてくれた。

さっきまで絶望に覆われ満身創痍《まんしんそうい》だった心が嘘みたいに癒やされていく。チェーリアは自分が本当はこんなにもヴィクトルの慰めを必要としてきたのだと痛感した。

しばらく彼のぬくもりに浸ったあと、チェーリアはぽつり、ぽつりと口を開き始めた。

「ヴィクトル様。私はこんなにもヴィクトル様のことが好きです。あなたに立派な皇后だと認めてもらえるならばどんな困難も耐えられるほどに。……けど、ご存知のように至らない点が多々あることもわかっております。何度も失態を犯した自分が情けなくてたまりません。あなたの妻でいる資格などないのかもしれないと何度も自信を失いかけました。でも、それでも……私はあなたの妻でいたいのです。誰よりも気高く公正で威風堂々たるヴィクトル皇帝に、ただひとり隣に立つことを許される存在であり続けたいのです」

今まで誰にも吐き出せなかった本当の思いを紡ぐたびに、抱きしめているヴィクトルの腕に力が籠もった。

「私は……確かにヘス卿に頼りすぎていたかもしれません。けれどそれはあくまで側近としてです。未熟な私は周りの人々に頼らなくては何も成し得られません。彼は優秀な側近です。ただ、皇后としての責務を果たすために必死で、周囲の目や彼の気持ちを蔑ろにしていたことは否めません。……けど、私は誰にも恥じるような真似は絶対にしておりません。法廷でも神様の前でも誓えます。私は陛下を裏切るようなことを絶対にしておりません。もし心臓に私の心が刻まれているのなら、胸から抉り出してお見せしたっていいのに」

切々と訴えた言葉に、返事はなかった。ヴィクトルは無言のまま抱きしめ続け、しばらくののち「もういい。わかった」と呟いた。

チェーリアは顔を上げ目を大きく見開きながら「信じて……くださるのですか？」と声を震わせる。ヴィクトルは少し気まずそうに目を逸らしてから、チェーリアに視線を向け直して言った。

「俺も少し冷静さを欠いていた。悪かったな」

誤解が晴れただけだというのに、チェーリアはこの上ない安堵を覚える。もう泣き尽くしたと思っていた涙がまた込み上がってきて、それを見たヴィクトルが指で拭いながら「まだ泣くか？」と淡く笑った。

微笑み返したチェーリアの瞳から、涙がひとすじ落ちていく。それを追うようにヴィクトルは頬に口づけ、それから唇にもキスを落とした。彼の唇は自分の落とした涙の味がして、ほんのりとしょっぱかった。

ヴィクトルは愛おしそうに何度もチェーリアの頬を撫で、瞼や泣きすぎて赤くなった目もとや鼻先に慈しむようなキスをする。そして最後に深く唇を重ね合うと、「今夜は閨を共にしよう」とチェーリアの耳もとで囁いた。

五日ぶりに肌を重ねたことで、チェーリアは自分がどれほどヴィクトルを恋しがっていたのかを深く思い知った。彼の腕に包まれながら、このまま溶けてなくなってしまってもいいと思うほどに。

夜が更けようやく体の熱が収まる頃、チェーリアはベッドでヴィクトルの体に寄り添いながら今日の顚末を説明した。話が進むたびにチェーリアの素肌の肩を抱いているヴィクトルの手に力が籠もっていく。

「……これは私の憶測なのですが、宮殿の誰かがヘス卿を利用して私を陥れようとしたのだと思うのです。何故かはわかりませんが、皇后としての私の評判を落とすことが目的なのではないかと――」

言いながら、チェーリアは頭の中で絡まっていた糸がほどけていくのを感じた。

今まで犯してきた失態。自省のあまり追及してこなかったが不可解なことがたくさんある。もしそれが今回の真犯人が仕組んだことだとしたら……。

チェーリアは思わず勢いよく体を起こした。

「ヴィクトル様！　もしかしたら犯人は今までずっと私を陥れるため行動していたのかもしれません……！」

もしそうだとしたらことは想像以上に重大なのかもしれない。周囲の人間まで巻き込み、徹底的《てってい》にチェーリアを追い詰め、帝国皇室にも恥をかかせる気だ。

そのことに気づいたチェーリアは緊張で顔を強張らせたが、ヴィクトルはどうしてか冷静だ。「ああ」とだけ返して、深く皺を刻んだ自分の眉間を指で押さえる。

「……大捕り物になる。確実に尻尾を掴むまで慎重を期すつもりだったが、決着をつけよう。こちらが動いていないと思って随分と舐めた真似をしてくれた、たっぷり礼をしてやる」

ヴィクトルの言葉を聞いてチェーリアは呆気に取られた。まさか彼は陰謀に気づいていたということだろうか。

「ヴィクトル様はもしかして、犯人が誰か目星がついて……？」

言いかけたチェーリアの腕を摑んで、ヴィクトルは懐に抱き寄せる。そして子供を寝かしつけるようにポンポンと背中を叩いた。

「もう今夜は寝ろ。何も憂うな、俺が味方だ。お前が今まで受けた屈辱を晴らす舞台は必ず用意してやる。だから安心して寝ろ」

「は、はあ……」

ヴィクトルには何か考えがあるようだ。彼がそれほどまでに言うのなら心強くもあるが、早く真相を知りたくもある。

もっと色々尋ねたい気持ちでチェーリアがソワソワしていると、ため息を吐かれギュウッと胸板に押しつけられてしまった。

「久々の共寝だというのに情緒のない女だ。いいから今夜くらい甘えて寝ておけ」


宮殿から音がなくなるほど夜が更けた頃。

ようやく寝息をたて始めたチェーリアを腕から解放し、ヴィクトルは静かに上半身を起こした。

あれから濡れた布で冷やしてやったものの、彼女の目もとはまだ赤い。幼子のように泣いていた姿を思い出しながら、ヴィクトルはそっと指でその痕に触れた。

暗闇の中、ヴィクトルの口は弧を描いている。いつもより鼓動を速める胸は、この上ない充足感を覚えていた。

「チェーリア。誰より気高く強い女。そして哀れで愚かな可愛い俺の妻」

吐息のような声で囁いて、ヴィクトルはチェーリアの髪をひと房掬《すく》うとそこにキスを落とした。ヴィクトルは穏やかに自覚する。時に嵐のように激しく感情が乱れ、時に永遠の陽だまりのような多幸感に包まれるこの気持ちが、いわゆる愛というものであることを。

数時間前、チェーリアとヘス子爵が密会中だという噂が宮殿中に広まっていると報告を受けたときに、ヴィクトルは我を失うほど頭に血が上った。

〝嫉妬〟などという言葉では言い表せないほど激しくどす黒い衝動。もし目の前にヘス子爵がいたなら、何をしていたかわからない。

数日前にもヴィクトルは廊下でふたりの親密そうな会話を聞いたときに、同じ感情に襲われていた。あのときはふたりから離れることでなんとか気持ちを抑え込んだが、今回は無理だった。ルーベンス伯爵が制止するのも聞かず、ヘス子爵を牢屋へぶち込みチェーリアの部屋へと向かった。

ヘス子爵には憎しみしか湧かなかった。その憎悪はあまりに鋭利で、殺意と呼んでも相違ないほどに。

しかしチェーリアの顔を見たとき、ヴィクトルの憎しみは限界を突き抜け悲しみに変わった。

生まれたときから望むことより与えられることの方が多かったヴィクトルは、そのとき初めて渇望と叶わない悲しみというものを知ったのだった。

眠るチェーリアの髪を指で弄りながら、ヴィクトルは思う。愛とは恐ろしいと。

ひとつ間違えれば自分も相手をも滅ぼしてしまいかねない。それは身分など関係なく、皇帝である自分にも等しく与えられた感情なのだ。

しかし破滅の危機を孕《はら》む代償に、愛は他にはない悦びも与えてくれる。

チェーリアが見せた初めての涙は、ひと粒が彼女の頬を滑り落ちるたびにヴィクトルのどす黒い感情を消し去ってくれた。

彼女の口がみっともなくしゃくり上げながらヴィクトルへの想いを語るたびに、胸がすくような清々しささえ覚えた。歓喜に全身が高揚していくのを感じながら、ヴィクトルは理解した。自分はこれが欲しかったのだと。

慣れないどころか未経験の慰めをしながら、ヴィクトルの胸は弾んでいた。ぐずぐずと泣きながらクッキーを食べるチェーリアが愛おしくてたまらない。少しでも気を抜くと頬が緩んで目尻が下がってしまいそうだった。

気丈で鼻っ柱が強く絶対に人に弱みを見せたがらない妻が、ようやく自分の前ですべてをさらけ出したのだ。気高い彼女に頼られ、縋られ、求められることは、これほどまでに心地いい。

ヴィクトルは知らないうちに飢えて乾いていた心が潤い満たされていくのを感じた。

それは〝愛〟と呼ぶにはもしかしたら歪だったかもしれない。

しかし紛れもなく生まれて初めて抱く気持ちで、チェーリアにしか呼び起こせない気持ちだった。

「……愛してる」

すっかり寝入っているチェーリアの耳もとで囁き、蓋をするように口づけた。

そしてヴィクトルはベッドから出ると服を着て寝室をあとにする。自室へ向かう足取りは戦場へ行くかのように勇ましく、表情は険しい。

自室へ入りベルを鳴らすと、夜中にもかかわらずルーベンス伯爵がすぐに駆けつけてきた。

「至急これを調べろ」

そう言ってヴィクトルが差し出したのは、チェーリアが保存したグラスの水だ。

ルーベンス伯爵は水の入った小瓶を手に取りまじまじと眺めると、「成分……入手経路……出どころ……ふた月ほどかかりますがよろしいでしょうか」と尋ねた。

「ひと月だ。冬至祭に間に合わせたい」

無茶な要求にもかかわらず、ヴィクトルが命じるとルーベンス伯爵は胸に手をあて「仰せのとおりに」と頭を下げた。

一ヶ月後には社交シーズンは最盛期を迎え、ゲナウ帝国でもっとも大きな祝祭である冬至祭が開かれる。

太陽の再生を祈る祝祭の場を、ヴィクトルは断罪の舞台に選んだ。
チェーリアの笑顔を再び輝かせるために。

第六章　宮廷に潜む影

十二月二十一日。

雪がチラチラと舞う中、ゲナウ帝国では冬至祭が行われた。

各家庭では豚肉料理を中心としたご馳走《ちそう》を並べ、リボンで飾った薪を用意し、山羊の飾り物を飾るのが習わしだ。宮殿では礼拝堂で神事が行われ、この日から年明けまで毎晩舞踏会が開かれる。

特に年明けの晩と初日の今日は大掛かりで、宮殿の大ホールには皇族をはじめ国中の貴族が集まり、華やかな賑わいを呈していた。

チェーリアは緊張していた。皇后として初めて冬至祭を迎えることもだが、ヴィクトルが宣言したのだ。今日ここでチェーリアを陥れた者を断罪すると。

罪を追及するのなら法廷の方がよいのではないかと思ったが、彼には何か考えがあるらしい。

舞踏会は午後六時の鐘と共に始まり、人々は思い思いに踊りやお喋りを楽しんだ。

チェーリアは初めの一曲をヴィクトルと踊ったあとは、マナーとして有力貴族の男性らと踊った。会場は一見すると和やかな雰囲気だが、刺さるような非難と軽蔑の視線が会場中のあちらこちらから向けられていることを、チェーリアは感じていた。

チェーリアとヘス子爵の不義の噂は、なんの根拠もないとしてヴィクトルが口にすることを禁じた。しかしあの日瞬く間に広まった噂は宮殿の多くの者が知るところでもあり、ヘス子爵が地下牢に勾留されていることもあって、残念ながら疑惑を打ち消せる効果はなかった。

あれからチェーリアは社交界に出るたびに針の筵《むしろ》のような気分を味わっている。

舞踏会や夜会などでは必ずヴィクトルがそばにいてくれたが、彼がわずかにでも離れればたちまち非難の視線が浴びせられ、聞こえよがしに陰口が囁かれた。

不義の噂を囁かれるのもつらかったが、ヘレナを虐めているという噂も相変わらずだ。社交界で人気のあるヘレナは多くの人に同情され、それと反比例するようにチェーリアの評判が下がっていく。

先日などは受け取った覚えのないヘレナからの招待状がチェーリアの部屋の暖炉から見つかったと侍女から報告があり、どういうわけかそれがあっという間に広まった。

理解できない状況にチェーリアは動揺したが、以前と違って憤ったり泣き濡れないで済んだのはヴィクトルのおかげだ。

彼は約束してくれた、必ず真相を明らかにすると。そして何より、この宮殿で誰もがチェーリアの言葉に耳を貸さず蔑んだとしても、ヴィクトルだけは絶対味方だと言ってくれたのだ。

愛する人が信じてくれるのならば、チェーリアは怖くない。自分を強く持って顔を上げることができる。

それに彼はあの日から随分と優しくなった気がする。また毎晩寝室を共にするようになったのだが、以前に比べ甘い言葉を吐き、やたらと甘やかしてくれるようになった。情交中も寝るときも何度も頭を撫で、愛おしいものを見つめるような眼差しを向けてくる。ある晩など『俺以上にお前を可愛いと思っているやつなどいないぞ』などと驚くことを言っていた。

（もしかしたらヴィクトル様は、私に少しは好意を持ってくださってる？　なんて、それは思い上がりだわ。彼のような偉大な方が私みたいな小娘に惹かれるわけがない。……ないわよね？）

ヴィクトルの態度が変わったことに淡い期待を抱いて胸が高鳴ることもあったが、チェーリアは自信が持てない。今まで散々からかわれたのだ、甘い言葉に頬を染めるチェーリアを見て楽しんでいるだけではという疑念が晴れない。

（……別に、いいのよ。ヴィクトル様が私を信頼して味方になってくださっただけで十分幸せだもの。愛されたいなんて、『愛してる』って言葉が欲しいなんて高望みだわ。……でも、共に長い年月を生きて、私がもっともっと立派な皇后になれば、そのときはもしかしたら……）

思い煩う胸は、チェーリアがヴィクトルに恋をしている証だ。それは時に切なく苦しくもあるが、チェーリアが前を向く力にもなる。

とにかくチェーリアはこの一ヶ月、社交界で冷たい視線を浴びせられながらも落ち込むこともなく気を強く持って過ごせた。

そしていよいよ今夜、すべては明らかになるはずだ。

数曲続けて踊ったあと、喉が渇いたチェーリアはひと休みすることにした。給仕係から冷たい飲み物を受け取り、ダンスの邪魔にならない場所まで移動する。

次の曲が流れ人々が踊りだすのを、チェーリアは静かに眺めていた。視線がいつの間にか勝手にヴィクトルを探して彷徨《さまよ》う。

すると彼がヘレナと踊っているのが見えた。ヘレナはうっとりと幸せそうな表情を浮かべ、ヴィクトルは口角を上げてそれに応えている。チェーリアは胸の痛みを覚え、その光景から目を逸らした。彼とヘレナは仲のよい従兄妹同士だと毎回自分に言い聞かせているが、やはり目の当たりにするとつらくなってしまうのはどうしようもない。

（……でも、ヘレナ様がお元気そうでよかったわ。私のせいで色々迷惑をかけてしまったもの。今夜真実が明らかになれば、私がヘレナ様を嫌っているなんて誤解も解けるはず。そうしたら喜んでくださるかしら）

ヴィクトルと一緒にいるときは嫉妬してしまうが、やはりヘレナとは仲よくなりたいと思う。彼女は善人だし、なんといっても同じグルムバッハ一族なのだ。できることなら一生の友になりたい。

そんなことを思っていると、突然会場の入り口付近が騒がしくなった。何事かと思って振り返ったチェーリアは驚きと恐怖で全身を強張らせる。そこには短剣を手に持ったヘス子爵が恐ろしい形相を浮かべて会場へ入ってきたのだから。

「皇帝陛下……よくも僕をチェーリア様から引き離したな。僕たちは愛し合っていたんだ。それなのに僕を牢に入れてチェーリア様との仲を引き裂こうとするなんて……許せない、死ね！」

そう叫んでヘス子爵は短剣を握りしめるとまっすぐにヴィクトルの方へと向かっていっ

た。会場は一瞬で緊張が張り詰め、あちこちから悲鳴が上がる。衝撃でチェーリアはしばらく動けなかったが、ハッとすると「やめなさい、ヘス卿！」と叫びながらヴィクトルを守ろうと駆けだした。しかし。

「やめて！　ヴィクトル様、逃げて！　私がお守りします！」

ヴィクトルの前に身を挺《てい》して立ったのは、ヘレナだった。彼女の痛ましいまでに健気で勇敢な姿に、会場からはどよめきが起きる。

その光景はまるで感動的な芝居の一幕のようだったが……ヘス子爵がどんどん近づいてくるにつれて、ヘレナの顔色が変わっていった。

「……え？　あら？　ど、どうして？　え、待ってちょうだい。どうして誰も止めないの？」

ヘレナは汗をかきながらキョロキョロと辺りを見回すと、やがて「ちょっと！　ちょっと待って！　話が違うわ！」と叫んで、なんとヴィクトルの後ろに隠れてしまった。

「え、衛兵！　何をやっている！　さっさと捕らえろ！」

焦った様子でそう怒鳴ったのは宰相のミュラー侯爵だ。しかしどういうわけか衛兵はひとりも動かない。

無防備になったヴィクトルの前に飛び出したのはチェーリアだった。短剣を向けられても怯みもせず、ヘス子爵を厳しく睨みつける。

「おやめなさい、ヘス卿。このお方を傷つけたら私が許しません」

チェーリアがぴしゃりと言いきる。すると、背後から「ククッ」と笑い声が聞こえ、振り返るとヴィクトルが楽しそうに口角を上げていた。

会場はシンと静まり返り、誰もが今起きていることのおかしさに気づき始める。

「ヘス卿、もういい。ご苦労だったな」

ヴィクトルがそう命じると、すぐ目の前まで迫っていたヘス子爵は短剣を下ろし、へにゃっと力の抜けた顔をした。

「こんなものでよろしかったでしょうか？」

「ああ。おかげでしっかりと尻尾を摑むことができた」

ヴィクトルの言葉に会場の客たちがひたすら不思議そうな顔をする中、チェーリアはハッとしてヘレナとミュラー宰相の顔を見た。ふたりはショックと怖れと悔しさを混ぜたような表情で唇を嚙みしめ、顔面蒼白《そうはく》になっている。

啞然としている周囲をぐるりと見回し、ヴィクトルは「諸君、驚かせて悪かった。この茶番には理由がある」と会場の隅まで通る声で話し始めた。

「今から二時間ほど前、ヘス卿に催眠状態に陥る薬を飲ませ俺を襲うように暗示をかけた者がいる。会場の衛兵の幾人かも仲間で、その者の計画ではヘス卿は俺に辿り着く前に衛

兵に捕らえられるはずだった。――だが生憎、俺はその計画を事前に知ることができ、先に手を打たせてもらった。ヘス卿にはあらかじめ暗示にかからない薬を飲ませておいた上で俺を襲うふりをするよう指示し、会場の衛兵も入れ替えた。その結果が――これだ」

そう言って眼光鋭くヴィクトルが射すくめたのは、ヘレナだった。

会場が一斉にざわつく中、ヘレナは口角を無理やり上げた笑みを浮かべて震えている。

「ど、どういうことですの……？　さっぱり意味がわかりません。いったい誰がなんのためにそのようなことを……」

必死にしらを切ろうとするが、会場中の人が見ていた。計画と違い衛兵に止められなかったヘス子爵が向かってきたとき、ヘレナが『話が違うわ』と叫んでヴィクトルの背に隠れたところを。

もはや言い逃れできない状況ではあるが、彼女には今まで積み上げてきた評判がある。会場にいる多くの者が「まさかヘレナ様が」「何かの間違いよ」「ヘレナ様がそんな計画を立てる意味がわからない」と言い合っている。

それはチェーリアも同じだった。何故ヘレナがそんなことを企てたのかわからない。

「あの、陛下。お言葉ですが……そのような真似をしてヘレナ様になんの得があるのでしょうか？」

その質問を聞いて、ヴィクトルはチェーリアを見つめて黙ったあとハーッとため息を吐いた。

「お前は聡《さと》いようでいて人の悪意に鈍感だな。こういう陰湿なやり方はいかにも宮廷女らしいだろうに。だからこれだけ追い詰められても犯人の目星もつけられないんだ、お前は」

何故か説教をされてしまいチェーリアはムッと唇を尖らせる。『どうせ私は浅はかで鈍感ですよ』と歯向かいたい気持ちは、ひとまずしまっておいた。

「もし計画どおりにことが進んだら、称えられたのは誰だ？　そしてヘス卿の凶行の原因は誰にあると糾弾される？」

そこまで言われて、チェーリアはようやく「あ……」と小さく声をあげた。脳裏によぎるのは先ほどの感動的な芝居の一幕のような場面だ。

もし計画どおりにことが進めば、ヘス子爵の凶刃から身を挺してヴィクトルを庇おうとしたヘレナの愛と勇気はさぞかし皆に称えられただろう。そしてヘス子爵の凶行の原因はチェーリアへの愛ゆえということで不義の噂は真実味を増し、チェーリアの評判は地に落ち責任を追及されるに違いなかった。

顔をしかめたチェーリアを見て、ヴィクトルは「ようやくわかったか」と呆れたように再びため息を吐く。

「でも……どうしてヘレナ様が……」

けれどにわかにはチェーリアは信じられなかった。どうしてヘレナがチェーリアを貶めようとするのか。ヘレナは優しくて愛らしく皆に好かれている。それにチェーリアが迷惑をかけたときだって、彼女は責めるような真似は一切しなかった。それほどまでに性格のいい彼女が何故――。

「……まさか……」

そこまで考えて、チェーリアは雷に打たれたような衝撃を受けた。目を見開き、ヘレナの姿を双眸に映す。

「……マンデルに嚙まれたのも、ドレスが被ったのも……ヘレナ様の自作自演……？」

信じられない思いで口にすれば、ヴィクトルは側近のルーベンス伯爵から何やら荷物を受け取りながら「連合会議の晩餐会でスープに硝子が入っていたのもな」と付け足した。

あまりに驚愕《きょうがく》の言葉の連続に、会場の参加者たちはどよめきっぱなしだ。口々に「何故？」「まさか」「そうだと思った」「あり得ない」と好き勝手なことを言っている。

そんな中、「これはチェーリア皇后の仕組んだ罠《わな》だ！　自分の不義の罪を隠すために皇帝陛下を巻き込んで騒動をでっち上げ、今までの失態をすべてヘレナ様に押しつけようとしているんだ！」と叫んだ者たちがいた。

彼らはヘレナの特に親しい友人たちだ。誕生日パーティーのとき、冷たい視線を投げかけてきたことをチェーリアは覚えている。

「騙《だま》されるな！　皆も知っているだろう、ヘレナ様がどれほどお優しい方かを！」

ひとりがそう呼びかけると、会場の人々も「確かにヘレナ様がそんなことをするとは思えない」と戸惑いの表情を浮かべた、そのとき。

風向きが変わりそうになった会場の雰囲気を一蹴したのは、ヴィクトルの笑い声だった。

「そこのお前。そう言うからにはヘレナが無罪である証拠があるのだろうな。俺はあるぞ、彼女が卑劣な行為をしてきた証となる根拠が」

そう言ってヴィクトルが手に掲げ会場中に見せたのは、一足の女性ものの靴だった。

観衆の注目の中、ヴィクトルは朗々と説明する。

「これはヘレナの靴だ。夏にヘレナがマンデルに噛まれたときに履いていたものを密かに回収し、調査機関に預けていた。その結果、爪先部分に犬の毛と血液が付着していることが判明した。毛質からしてマンデルのものに違いないということだ。そしてもうひとつ、獣医の診察でマンデルの怪我はボルゾイの噛み痕の他に打撲の痕が見つかった。まるで、人間に何度も蹴られたかのようにな」

それを聞いてチェーリアは頭が真っ白になったあと、猛烈な怒りに襲われた。あのとき中庭で血にまみれて倒れていたマンデルの姿を思い出す。

「じゃあ……わざと噛みつかせるためにヘレナ様はマンデルを痛めつけて……」

「そういうことだろうな。俺もお前の犬のことはそこそこ知っているつもりだが、あれはむやみに噛む性質《たち》じゃない。よほど命の危機を感じたから反撃したのだろう」

チェーリアは怒りに震えた。ヘレナがどうしてそんなことをしたのか、もう聞かなくてもわかる。あの事件でヘレナは多くの人から同情を集め、反対にチェーリアは評判を落としたのだ。そんなことのためにマンデルを痛めつけたことは決して許されない。

「ご、誤解です。私はそんな酷いことをしていません。信じてください、陛下」

顔面蒼白になりながらも、ヘレナは健気そうに訴える。しかしヴィクトルはそれを一瞥すると、今度は欠けたランプカバーを手に掲げて見せた。

「六月の連合会議初日の晩餐会で、ヘレナのスープには異物が混入していた。調査の結果それは硝子の破片だった。俺は宮殿のゴミ捨て場を掘り返し硝子の廃棄物はすべて回収するように命じ、そして三ヶ月かけて見つかったのがこのランプカバーだ。これはプライス工房の製品で硝子に特殊な加工が施されている。そしてスープに混入していた硝子も同じものだった。小さな欠片とはいえ工房の職人に確認させたので間違いない」

そのランプカバーにチェーリアは見覚えがあった。宮殿で皇族の私室に使っているものだ。どれも同じデザインではあるがすべて手作りなので、調べればどの部屋のランプだったか判明するだろう。

そしてそのランプが誰の部屋のものだったのか、考えるまでもない。

「ではヘレナ様が自分でスープに硝子の欠片を入れたと？　あり得ません！　万が一飲み込んだとしたら内臓を傷つけかねないのですよ、小型犬に噛まれるのとはわけが違う。もしヘレナ様が皇后陛下を貶めたい意志があったならもっと安全な手段を使うはずです」

ヘレナの友人が不躾にも声を荒らげる。しかしヴィクトルは冷静な態度で「ああ、そうだな」とフッと口角を上げた。そしてヘレナの正面に立つと、なんと彼女の顎を指で掬って顔を上向かせた。

「だがヘレナは敢えて危険を冒した。自らが傷つくことで疑いの目を向けられにくくすること、そして俺からの同情を引き出すためにな」

まるでこれから口づけするように向き合うふたりを見て、チェーリアの胸が不快に曇る。けれどそれと同時に、ヘレナの犯行の動機と、あのときヴィクトルが何を観察していたのかが理解できてきた。

ヘレナは相変わらず青ざめた顔をしながらも、どこか嬉しそうな表情だ。想い人からのキスを待つ乙女のように。

ヴィクトルはそんな愚かな従妹をあざ笑うかのように目を細めた。

「しかし少しばかり勇気が足りなかったことが仇《あだ》となったな。あのときお前が怪我をしたのは唇と舌だった。もし本当に硝子が入っていたことに気づかず咀嚼していたなら、歯茎か頬の内側を傷つけていたはずだ。硝子が入っていることを知りながら恐る恐る口にした証拠をお前は残してしまい、それは俺に懐疑の気持ちを植えつけた。失策だったな」

ヴィクトルが摑んでいた顎を弾くように放すと、ヘレナの瞳が虚ろになった。

「まだ何か反論があるか?」

先ほど必死にヘレナを庇っていた者たちは、ヴィクトルの冷たい眼光に射られ「うぅ……」と萎縮していく。本気でヘレナに非がないと信じていたのだろう、困惑と落胆ぶりが見て取れた。

味方がいなくなり周囲の見る目が一気に冷ややかなものになって、ヘレナはその場に愕然とへたり込む。そして縋るようにヴィクトルを見つめる瞳からは、ポロポロと涙が溢れだした。

「私は……ただ、陛下の気を引きたくて……。チェーリア様が羨ましくて妬ましくて……」

チェーリアが薄々と感じながら違うと自分に言い聞かせていた予感はあたった。ヘレナはヴィクトルに敬愛の念を抱くだけでなく、恋をしていたのだ。

嫉妬の気持ちがどれほど苦しく心を狂わせるかはチェーリアもわかっている。けれどヘレナの行いはあまりにも卑劣だった。マンデルを傷つけたことも、皇后としてのチェーリアの顔に泥を塗り続けたことも、許せない。

「愚か者が。グルムバッハ家の名を穢して、恥を知れ」

蔑んだ眼差しでヘレナを一瞥したあと、ヴィクトルは視線を会場の入口の方へ移す。皆がつられて同じ方を向くと、そこにはなんと衛兵に捕らえられた男の姿があった。

「恋慕が時に人を狂わせることはわからなくもない。だがヘレナ。お前が最も愚かなのは、その気持ちを利用され外交問題に加担させられていたところだ」

捕らえられていた人物を見て、会場に不穏なざわつきが起きる。チェーリアは彼が何故今日まで慎重を期し、『大捕り物』と言っていたのか理解した。

捕まっていたのはなんと宰相のミュラー侯爵だった。

さらに、それを見てそそくさと会場から出ていこうとする者たちが次々に捕まる。貴族間の派閥に於いてミュラー宰相についている者たちだ。中には社交界に影響力のある高位貴族や上位宮廷官、聖職者らまでいる。

そして驚くことに、その中にチェーリアの侍女であるノイラート夫人の姿もあった。

逃げ出そうとする者や抵抗する者らも出てきて、会場は大騒動だ。しかしヴィクトルはそんなことはあらかじめ想定していたのだろう、配備されていた大人数の衛兵が彼らをなんなく取り押さえた。

チェーリアは唖然とする。どれもよく知った顔だ。親切に接してくれた者もいれば、チェーリアの悪口に精を出していた者もいる。

「三年前、俺の縁談を決めるときにふたつの候補があがったことは、ゲナウの民なら皆知っているだろう。ひとつはルーベンス伯爵が推薦するメルデーニャ王国の王女。もうひとつはミュラー侯爵が推すフラシカ王国の王女だ。どちらも外交上の重要性は同じくらいだが、総合的に判断し俺はメルデーニャ王国を選んだ。だが、往生際悪くあきらめられなかった者が多くいたようだな」

国同士の結婚は様々な事情が絡む。互いの国益を見据えることはもちろん、国としての格付けに血筋や宗教上の問題、それに結婚に絡む人間らの既得権益など。

宰相のミュラー侯爵は一族がフラシカ王国の有力貴族と結婚し、フラシカ王室と太いパイプを持っていた。ここでゲナウ帝国との婚姻を望むフラシカ王国との縁談をまとめれば、彼は両国に於いて大きな影響力を持つようになり、一族の地位は向上するだろう。もちろんミュラー宰相自身も多大な褒賞が得られる。

フラシカ王国はミュラー宰相を信頼し、彼もまたこの縁談がうまくいくと信じきっていた。ゲナウ帝国とフラシカ王国の交流の歴史は長い。争ってきた歴史もあれど今は友好状態だ。結婚で両国間の絆《きずな》を深めるには絶好の機会だと思っていた。

しかし、ヴィクトルが選んだのは新興国メルデーニャ王国だった。

樹立したばかりの王国など情勢も不安定で威厳もない。ましてやメルデーニャ王国は多方から狙われやすい立地で、いつ侵略されるかもわからない。そんな国と何故婚姻を結ぶのかと反対する声はミュラー宰相だけでなく多くの宮廷官からあがったが、ヴィクトルの意志は固かった。

ヴィクトルがメルデーニャ王国を選んだ決め手は、新たに王座に就いた若き王レオポルドだという。

先代の王と比べ先見の明があり冷静沈着な彼は、メルデーニャ王国を今後どう導き国力を高めていくかを見据えていた。王国の樹立に甘んじ安穏としていては再び戦火に巻き込まれる。経済の武器となる酪農の価値を高め利用し、税金を上げてでも早急に軍事力を増強し列強国に肩を並べなければならない。そうしなければ五年後、十年後にはメルデーニャの地は再び大国の支配下に置かれてしまうだろう。

そしてレオポルド王はもうひとつ、堅固な後ろ盾が絶対に必要だと感じていた。

王として即位して以来レオポルドは各国との交流に注力してきたが、歴史の浅い新興国では強固な関係は結びづらい。

そんな彼が奥の手として切ったカードが、妹である王女チェーリアの結婚だった。

国同士の婚姻は外交の定石であり、歴史を動かすほどの力がある。レオポルドはそのカードを、大陸最強の重鎮国ゲナウ帝国に使った。

国の格として不釣り合いであることはわかっている。だがその分新興国であるメルデーニャ王国には未知の可能性がある。今後は酪農だけでなく保養地や交易路としての発展もまだまだ見込めるだろう。だがそのためには礎である王家が確固たる基盤を築かなければならない。

そう訴えてきたレオポルド王の差し出してきたカードを、ヴィクトルは受け取った。

古い絆を惰性で維持するより、未来に目を向けた若き王の可能性を選んだのだ。

まさかヴィクトルがメルデーニャ王国を選ぶと露ほども思っていなかったミュラー宰相は焦り、しつこく縁談に反対した。

チェーリアは知らなかったが、お見合いを延期した一年間は特にミュラー宰相は反対に必死で派閥間の溝は深まり、ゲナウの宮廷では揉《も》め事が何度も起きていた。初めはメルデーニャ王国との縁談に賛成していたが一度目のお見合いの失敗で反対派に回る者も多くいた。

しかしレオポルド王が決死の覚悟で切ったカードは脆くはなく、その幼さを一枚剥げば誰より誇り高い強さを表した。それは最後の最後に、この婚姻騒動の勝敗を決める一手となるほどに。

そうした事情の中で、チェーリアは嫁入りしてきた。

正式に結婚が決まりさすがに表立って反対する者はいなくなったが、ヴィクトルはチェーリアに万が一にでも害が及ばないようにするため、彼女の側近や周囲の人間をルーベンス派の人間で固めるなど万全を期した。

そうして一見宮廷は平和になったかのように見えたが……ミュラー宰相とフラシカ王国はまだあきらめておらず、今度はチェーリアを皇后の座から引きずり下ろすことを画策し始めたのだった。

「ヘレナが俺を好いていることに気づいていたミュラー卿は、その嫉妬心を利用したのだろう。ヘレナは社交界での影響力が大きい。チェーリアが彼女を傷つけ貶めれば、皇后といえど評判はたちまち落ちる。さらに不義をでっち上げ離婚まで追い込もうとしたのだろうが……生憎だったな。それが見抜けないほど俺の目は節穴ではない」

ミュラー宰相は「まさか！　私はそんな奸計《かんけい》などしておりません！　無実です！」と必死に首を横に振った。しかしヴィクトルがルーベンス伯爵から受け取った書類の束を投げつけると、ミュラー宰相の顔が引きつった。

「見覚えがあるだろう、お前がフラシカ王国とやりとりしていた書簡だ。必ず王女を皇后の座に就けると約束しているな。そちらの書類はチェーリアとヘス卿に飲ませた薬の分析表と入手経路だ。催淫と興奮を呼び起こすだけでなく、ヘス卿には暗示をかけるために定期的に精神に作用する薬も飲ませていたようだな。薬学に精通している者らしいやり口だ。しかも足がつくのを恐れたのか随分と遠い国から取り寄せていたものだ。追及にはなかなか苦労したが薬の売人も仲介人もすべて特定し、依頼内容は吐かせた」

呆然としているミュラー宰相をひと睨みすると、ヴィクトルは他の拘束されている者たちを振り返って言った。

「この計画を知ってミュラー卿に手を貸していた者もすべて調べがついている。相応の処分を覚悟しておけ」

そしてヴィクトルは衛兵が捕まえていたノイラート夫人を引っ張ってくると、体を突き飛ばしチェーリアの前に跪《ひざまず》かせた。

「こいつもミュラー派のひとりだ。もとはルーベンス派だったがはした金で買収された愚か者だがな。マンデルをケージから出してヘレナのもとへ連れていったのも、お前に偽のドレスの情報を流したのも、届いていない招待状をでっち上げたのもこの女だ」

ノイラート夫人はガタガタと震えながら額を床に擦りつけて喚く。

「申し訳ございません！　私の実家が事業に失敗しどうしてもお金が必要だったのです！　チェーリア様、お許しを！」

もはや彼女の言い訳が真実でも嘘でもどちらでもいい。チェーリアは片手で目を覆うと、ノイラート夫人から顔を逸らして唇を嚙みしめた。

いつの時代のどの国だって、宮廷というものが派閥や陰謀にまみれていることぐらいわかっている。けれどやはり身近な人に裏切られていたという事実はつらい。

腑に落ちない出来事に遭うたび「もしかしたら」という疑念が湧いたが、そのたびにチェーリアは自分を咎めてきた。己の責任を棚上げし、信頼している人を疑うのは愚かしいことだと。その崇高な意識がますます悪をのさばらせるとも知らずに。

「私は本当に未熟です……。ヘレナ様のこともノイラート夫人のことも何もわかっていなかった。人の心がこんなに複雑で残酷だということを知らなかったのです」

真実が明らかになって得体のしれない不安から抜け出せたというのに、チェーリアは苦しかった。人間の持つ汚さも己の未熟さも嫌というほど思い知らされた気がする。

悲嘆に暮れそうになるチェーリアの肩を、そっと抱いたのはヴィクトルだった。

「そのとおりだ。お前は思い込みが激しくて頑固すぎる。世の中はそんな単純ではない。

笑みを浮かべ心地よい言葉をかけてくれる者が必ずしも味方だと思うな。本当にお前を思いやってくれている者は誰か、惑わされずに真実を見る目を養え」

ヴィクトルの叱責はいつだって厳しい。忌憚のない言葉は時にチェーリアを憤慨させる。しかしいつだって彼の言葉は正しかった。あとになって振り返ってみれば、ヴィクトルのおかげで成長できたことばかりだ。それは、初めて出会ったあの日から。

「お前の兄も、今回の件では随分と心配し協力してくれた。ミュラー卿の使った薬の入手経路が早く摑めたのもレオポルド陛下のおかげだ。さすがに交易路を多く管轄しているだけある」

「えっ、お兄様が⁉」

チェーリアは驚いて目を丸くした。まさか祖国の兄が関わっていたとは思ってもいなかった。ヴィクトルはフッと笑い、チェーリアの頭を軽く撫でる。

「レオポルド陛下はずっとお前のことを気にかけている。お前が嫁入りしてから今まで何度も俺に手紙を寄越しては妹の様子を窺うほどにな。結婚前もそうだ、レオポルド陛下は『気の強い妹だがその分必ず誇り高い皇后になる。だから成長を期待して欲しい』と念を押していた。よほど妹のことを信頼し愛しているのだろうな」

初めて知る真実に、チェーリアはポカンとしてしまった。王に即位してから兄は昔とは違って冷たくなったと感じていたが、そうではなかった。国と家族を思う優しい心は何も変わっていない。

今まで見えなかった兄の心に触れ、チェーリアの心に温かいものが芽生える。

「お兄様ったら……。私には滅多に手紙なんて寄越さないのに」

はにかんでチェーリアが言えば、ヴィクトルはまるで兄のぬくもりの代わりのように頭を撫でてくれた。

「お前ら兄妹はよく似ている。どちらも弱みを見せたがらず意地っ張りだ。特にレオポルド陛下はお前を皇后として送り出した立場ゆえ、兄として甘い顔を見せないよう己を戒めていたのだろう」

チェーリアは頷きながら、先ほどヴィクトルの言った言葉を嚙みしめた。笑顔で優しく接してくれる者だけが味方ではない。本当に相手を思っているからこそ、突き放したり厳しく接する者もいる。兄や……ヴィクトルのように。

今さらそんなことに気づいて、チェーリアは自分は本当にまだ子供だと苦笑した。

「ヴィクトル様。私はまだまだ思慮浅く本質を見る力が足りないようです。ですから、今後ともどうか未熟な私をお導きください。どれほど厳しくされても決して泣きません。そして必ず、あなたに相応しい皇后になってみせます」

そう宣言したチェーリアの顔に、もう憂いはない。大帝国の皇帝の妻になると決めた日から険しい道を歩む覚悟はできている。これから先の人生で何度つらい目に遭っても俯かないとチェーリアは確信を持ってヴィクトルを見つめた。彼が手を取り導いてくれる限り、チェーリアは凛然と前を向き続けられる。

ヴィクトルはそんな妻を目に映し、少し眉尻を下げて笑った。

「勇ましさだけは将校並みだな。だが——たまには俺の胸で素直に泣け」

最後の言葉は耳もとで囁くように告げられ、チェーリアは頬を赤らめる。「あ、あのときは少し疲れていたから……！　もう二度とあのような醜態は見せません！」と恥ずかしそうに唇を尖らせたチェーリアの頭を軽く撫でて、ヴィクトルは視線を拘束されている者らに戻して言った。

「さて、断罪の時間だ。帝国皇后を貶めた罪を購う覚悟はできているな」

終章　王女の誓い

この年の年末、ゲナウ宮殿はじつに慌ただしい年越しを迎えることとなった。

何せ宰相をはじめとした幾人もの宮廷官、それにヘレナ公女まで捕まり勾留されることとなったのだから。

年が明けて早々、ヴィクトルは新たな宰相や宮廷官の選出、それに罪を犯した者たちへの処分に追われた。

ミュラー侯爵は皇室に対する大逆罪を犯したとして、処刑されることとなった。それに加担した者らも懲役刑などに処せられ、ノイラート夫人にいたっては本人の懲役刑に加え夫の爵位の剝奪も科せられた。

ヘレナは皇族ということで死刑は免れたが、公女としてのすべての権利を剝奪され一族追放となり、ゲナウから遠く離れた絶海の孤島の塔に幽閉されることとなった。

正直なところ、チェーリアは少し驚いた。

ヴィクトルはヘレナを随分と可愛がっていたように感じていたので、こんなにも厳しい制裁を加えるとは思わなかったのだ。

しかし後日、ひょんなことからチェーリアはその真相を聞いた。

「陛下はヘレナ様のご結婚が失敗だったことに責任を感じておられたのですよ」

そうこっそりと教えてくれたのはヴィクトルの側近のルーベンス伯爵だった。

ヘレナは五年前にとある異国の王のもとに嫁入りしたものの、わずか二年で離婚している。その理由は王が権力争いに負けて王座を降ろされたからだ。

ルーベンス伯の話によると、ヘレナの嫁ぎ先を決めたのはヴィクトルだったそうだ。その頃ヘレナの嫁ぎ先は平穏でなんの問題もないと思われていたのだが、彼女が嫁入りして二年も経たないうちにクーデターが起こったのだ。どうやら水面下で王弟を担ぎ上げ新政権を打ち立てる計画が進んでいたらしい。

王は幽閉され、ヘレナは命からがら逃げ出し、ゲナウまで戻ってきた。ヴィクトルは彼女をとんでもないところへ嫁がせた責任をずっと感じていたと、ルーベンス伯爵は言った。

「同じ宮殿で育ったといっても、皇帝になるべく育てられた陛下と公女のヘレナ様ではそれほど懇意になる環境ではございませんでした。ヘレナ様が陛下に執着するようになったのは離婚後にゲナウへ戻られてからです。クーデターや離婚の騒動で疲弊されていたときに陛下に親切にされて、心酔してしまったのでしょう。お気の毒ではございますが、立場をわきまえず私欲を暴走させてしまったことは事実ですから。公正な陛下がそれ相応の報いを与えるのは当然でございます」

ヴィクトルのヘレナに対する柔和な態度は贖罪《しょくざい》の気持ちからだったと知って、チェーリアはふたりに嫉妬していた自分を恥じた。

やはり物事の本質は単純ではない。目に見えているものがすべてではないのだと改めて思った。

ミュラー派が一掃されたことで宮殿は大掛かりな人事異動が行われ、新たに宰相の座にはルーベンス伯爵が就くこととなった。不足した人員を補うため新たな宮廷官が登用され、しばらくは任命式や謁見などで慌ただしい日が続いたが、それもじきに落ち着くだろう。

チェーリアの専属侍従であったヘス子爵は職を罷免、国外追放となり爵位も剝奪された。今回の事件では犯人の証拠を摑む協力者として活躍したヘス子爵だったが、チェーリアへの想いが宮殿中の知るところとなってしまっては、もうゲナウ帝国にはいられない。それに薬を飲まされ暗示をかけられていたとはいえ、チェーリアを襲いかけた罪もあるのだ。罰を与えないわけにはいかなかった。

しかしヘス子爵はどこかすっきりとした顔をしている。もとは海外を放浪し見聞を広めることが好きだったが、爵位を継ぐために不本意ながら帰ってきた身だったのだ。職も爵位も失ったことに、彼は不幸よりも自由を感じたのかもしれない。

宮殿を去る日、ヘス子爵はもう一度チェーリアに謝罪をしにきた。

自分の行為を深く詫び帝国と皇帝夫妻の幸せを願って去っていった彼だったが、最後に何か言いたそうに口を開きかけて噤んでいたことに、チェーリアは気づいていた。

そしてその気づきは自分だけの胸にしまい、彼がこの先の人生を穏やかに生きられることを祈った。

事件の後始末が済んだ頃、チェーリアは祖国の兄へと手紙を送った。

今回の事件解決に協力してくれた礼に始まり、今まで未熟だった妹を見守り続けてくれたことへの感謝を綴った。そして、兄をメルデーニャの王としてとても尊敬しているとも。

しかし数ヶ月待ったが返事はなく、そういえば兄は妹に手紙を書くのがあまり得意ではなかったことを思い出した頃、メルデーニャから贈り物が届いた。

開けてみると、それはふたつの肖像画だった。ひとつは今の兄とすっかり元気になった母の姿を描いたもの、もうひとつはメルデーニャの宮殿に飾ってあった家族の肖像画を複製したものだ。こちらには幼い頃のチェーリアとレオポルド、それに母と生前の父が描かれている。

添えられていた手紙には『しっかりやるように』とだけしか書かれていなかったが、チェーリアには十分兄の思いが伝わった。

愛の籠められたふたつの肖像画を眺めて、チェーリアはしみじみ思う。夫のヴィクトルも大概だが、兄はそれ以上に愛情表現が下手なのではないかと。

そしてそれは妹である自分も同じだなと笑った。


七月。

宮殿もようやく落ち着き日常を取り戻しつつある頃、チェーリアとヴィクトルは例年どおり夏の離宮へと移った。

帝都にある本宮殿もいいが、どちらかというとチェーリアは夏の離宮の方が好きだ。庭が広く開放的な気がする。

去年はつらいことが起きた場所ではあるが、あのときの心の傷は癒えている。チェーリアは中庭にあるガゼボの下で、元気いっぱいに駆け回るマンデルを眺めながら笑みを浮かべた。

「おい、気をつけろ。カップをひっくり返すぞ」

向かいの席から聞こえてきた声にハッとして、チェーリアはクッキーを取ろうとテーブルに伸ばしかけていた手を引っ込めた。見ると、自分が手を伸ばそうとしていた先には紅茶の入ったカップがある。よそ見をしていたせいで気づかず、危うくぶつかるところだった。

ヒヤリとして引っ込めた手をさすると、足を組み頬杖をついた姿勢でチェーリアを見ていたヴィクトルがフッと口角を上げた。

「まったく、犬に気を取られてカップをひっくり返すなど子供だな」

意地悪な言い草に思わずムッとして「ひっくり返してません！」と強く言い返せば、楽しそうに目を細めながら「俺が教えてやらなかったらひっくり返していただろうが」と鼻で笑われてしまった。

うららかな午後、夏が盛りの薔薇に囲まれたガゼボには爽やかな風が吹き抜け、なんとも平和な空気が漂っている。

チェーリアとヴィクトルは離宮に来てから時間の許す限りふたりで過ごし、午後はこうしてふたりきりでお茶を飲んだ。公務はあれど、毎日が穏やかでゆったりとした時間を過ごしている。

夏の離宮でヴィクトルと共にいると、去年の楽しかった日々を思い出す。あのときの彼はチェーリアをよく構い、不意打ちのキスや、時には人目を忍んで情熱的な行為に及んだりした。

それは今年も変わらず――いや、去年以上に、ヴィクトルはチェーリアと睦み合った。

ヴィクトルと出会ってから三年。彼は相変わらず尊大だし意地悪だけれど、随分と甘い言動が増えたように思う。特に去年、彼の前で大泣きしてしまったときを境に、あからさまなほど可愛がるようになったのは気のせいではないはずだ。

「またふくれっ面か。本当にいつまでもお前は成長しないな」

ムッとしていた顔を指摘されてしまい、ますます拗ねたチェーリアが顔を背けると、ヴィクトルは椅子に座ったまま両手を広げて言った。

「ほら、こっちへ来い。機嫌を直してやる」

なんとも傲慢な態度だが、チェーリアは期待にうっかり胸をときめかせてしまう。悔しいので渋々といった素振りはするが、素直に椅子から立ち上がって彼のもとまで行った。

ヴィクトルはチェーリアを抱きしめながら立ち上がると、髪が乱れないように頭を撫でた。そして耳に口づけながら低い声で囁く。

「いい子だ、チェーリア。そのふくれっ面も鼻っ柱が強いところも全部、可愛くてたまらない」

「……っ」

甘く低い声が小さな波紋のように体中に響き渡り、熱くとろかされていくみたいだ。

普段は厳しかったり意地悪だったりする分、ヴィクトルの睦言はたまらなく胸をときめかせる。それが口先だけの甘言ではないとわかっているから尚更に。

「まだ怒っているなら俺を叩いたっていいぞ。お前のすることはなんでも受けとめてやる。この小さくて可愛い手で叩くか？　それともこの愛らしい爪で引っ掻いてみるか？」

そう囁きながらヴィクトルは、今度はチェーリアの手を取って指に口づける。爪にキスを落としたかと思うと指にねっとりと舌を這わせてきた。

「あ……っ、や……」

思わず上ずった声を漏らしてしまったチェーリアを、ヴィクトルの双眸がジッと見つめている。その眼差しに射られていると、体に火がついたように熱くなった。

「あ、あ……」

ヴィクトルは一本ずつ丁寧に指をねぶっていく。くすぐったさは熱くなった体には快感だ。敏感な指の間を舐められるたびに頭がジンジンと痺れた。

「どうした、叩かないのか？」

「そ、そんなことしません……」

尋ねられ、上気した顔で答えると「好きにしろ」と微笑まれた。

ヴィクトルは片手でチェーリアを抱き寄せたまま、テーブルの上に載っていたものをさっさとワゴンに移しだした。そしてテーブルの上に何もなくなると、チェーリアの体を軽く抱き上げて座らせる。

突然のことに目をパチクリとさせていると、ヴィクトルはなんとスカートを捲り上げドロワーズに手をかけた。

「えっ！　ちょっと待ってください、何を……」

「聞くまでもないだろう。こうなるとわかっているからクリノリンを着けてこなかったくせに」

言われて、チェーリアは顔を真っ赤にした。確かに今日はクリノリンを着けていない。けれどそれは、どこでもことに及ぼうとするヴィクトルのせいだ。

夜の寝床以外で彼が求めてくるたび、チェーリアは面倒なクリノリンの着脱に苦労した。脱ぐのも大変だが着るときは複数の手を借りなければならず、情交が終わるたびに侍女や女中を呼ぶのはチェーリアにとって毎回顔から火が出るほど恥ずかしいことだった。

しかし王侯貴族のマナーとしてスカートは膨らませなければいけないので、チェーリアはヴィクトルとふたりで会う時間は、ペティコートのように布の下着を重ねて膨らみを保つようにしたのだ。

「こ、これはヴィクトル様が悪いんです！　毎回侍女を呼ぶ私の身にもなってください！」

反論しながらスカートを押さえようとするチェーリアの手を退けて、ヴィクトルは「あーわかったわかった」と適当に相槌《あいづち》を打つ。そしてドロワーズを脚から引き抜いてしまうと、スカートを捲り上げて大きく腿を開かせた。

「きゃあ！　おやめください、こんなところで！」

屋外の、しかもテーブルの上で秘所を露にして座るなどはしたないにもほどがある。離宮にいるときのヴィクトルは寝室以外でも情交をしたがるが、さすがにこれは恥ずかしすぎた。

スカートを押さえ脚を閉じようとするが、その前にヴィクトルは腿の間に体を割り込ませてしまう。そして身を屈めると剝き出しの恥丘へと口づけた。

「ひゃ……！」

敏感な場所へのキスに、抵抗していたチェーリアの手からは力が抜ける。ヴィクトルは頭に乗っていたスカートの裾を払い除けると、柔らかな恥丘から秘裂に唇を這わせた。

「あっ、あ……」

舌が割れ目の中央を滑るようになぞっていく。何度も往復し媚肉をねぶり、尖らせた舌先が陰芽をくすぐった。スカートの上のチェーリアの手はもはや抗って裾を押さえるのではなく、快感に耐えるために握りしめている。

「んっ……あ、んん……っ、」

珊瑚色の小さな珠は舌でコロコロと巧みに転がされ、すっかり膨らんでしまった。ヴィクトルは顔を離すと指で秘裂を開き、まじまじとその光景を眺めた。

「日の下でするのも悪くない。お前の可愛い場所がよく見える」

明るい場所で恥ずかしい場所を眺められ、チェーリアは頭から湯気が出そうなほど顔を真っ赤にする。

「や、やめてください！」

しかし閉じようと力を籠めた腿はヴィクトルにすかさず甘噛みされ、たちまち脱力してしまう。そのままガブガブと腿に歯形を付けられているうちに、チェーリアの体はすっかり熱くなって熟れてしまった。

「あ……あぁ……」

「お前は本当にこれが好きだな」

ヴィクトルの言うとおりだ。チェーリアは情交のとき肌を噛まれると体が熱く痺れてしまう。けれどそれはなんだか異常な快感を得ているようで、自分ではなかなか認めることができずにいた。

しかしすっかり昂った体を見れば、チェーリアが噛まれることに悦びを感じていることぐらいわかる。今やチェーリアの体を隅々まで知っているヴィクトルは、今日も真っ白な内腿の肉に噛み痕をつけ、さらに強く吸って鬱血の痕を重ねた。

「は、ぁ……っ」

チェーリアはもう甘い吐息を抑えられない。瞳はうっとりと潤み、ひくつく蜜口からは後ろの孔に伝うほど愛液が溢れた。

「快楽にとろけたいい顔だ。ここも赤く染まって開いてきた。花が綻んでいるみたいだな」

火照り柔らかくなった花弁を指で掻き乱していたヴィクトルは、何かを思いついたようにフッと口角を上げた。そしてテーブル脇のワゴンに手を伸ばし、シュガーポットからピンク色をした丸い形の角砂糖をひとつ取り出す。

「どれ、蜜を甘くしてやろう」

ザラリとした感触の球体を膣口に押し込められて、チェーリアは驚いて体を強張らせる。

「え……!?」

「力を抜け。崩さず中で溶かしてみろ」

ヴィクトルの指と共に、硬い異物が蜜道を拓いて進んでくる。疼いていた場所にそれは刺激的な快感で、チェーリアは少し緊張しながらも砂糖が与える愉悦を享受した。

ヴィクトルが指を抜くと、膣の中で砂糖のコロコロした形がはっきりと感じられた。酷く不道徳な快感を知ってしまったみたいで心がざわつくのに、下腹の疼きはますます強くなるばかりだった。

「いや、ぁ……取ってください……」

弱々しいチェーリアの訴えは聞き入れられず、ヴィクトルは露を溢れさせる蜜口を肉びらごと唇で覆う。そして溶けた砂糖と混じり合った愛液を啜り、満足そうに「甘い」と笑った。

「本物の花になったぞ。これはいい、ゲナウ帝国が誇る世界一麗しい花だ」

あまりにもはしたない悪戯に、チェーリアは顔を真っ赤にして声も出せない。羞恥で逃げ出したいほどなのに、体の中にある砂糖が熱と愛液でどんどん溶けて小さくなっていくのがわかる。

ヴィクトルは中指を蜜口の奥まで差し込むと、丸い塊がなくなったことを確認して指を引き抜いた。

「もう溶けたか。よほど中が熱かったんだな」

そう言って蜜の纏わりついた指をチェーリアに見せつけるように舐めた。

チェーリアは頭がクラクラする。太陽が燦々と輝く中庭のテーブルであられもなく下肢を丸出しにし、しかもそこに砂糖を入れられ愛液ごと啜られたのだ。この国のどんな人間だって、こんな淫らな遊戯をしたことがないに違いない。

凄まじい恥ずかしさと背徳感で気を失いそうなのに、もっとチェーリアを混乱させるのはそれがすべて気持ちいいということだ。

さっきからチェーリアは何度も小さく達している。媚肉がひくつき、蜜口は疼いて収斂が止まらない。きっとヴィクトルも気づいていることだろう。

「そろそろ挿れるとするか。俺のものもはちきれそうだ」

ヴィクトルはチェーリアの背をテーブルにつけ膝を立たせた状態にすると、自分の脚衣の前を寛がせた。反り勃った雄芯は血管を浮かび上がらせるほど大きくなっており、先端から露を滴らせている。

大きく硬く膨らんだ肉杭《にくくい》を、ヴィクトルは突き刺すように一気に奥まで挿入した。潤沢に濡れていた肉洞はそれを受け入れ、続けて激しく抽挿されるとあっという間に絶頂に押し上げられてしまった。

「あ、ぁあああーっ‼」

中庭の人払いをしてあるとはいえ宮殿には人がいるのに、チェーリアは恥も外聞もなく大きな嬌声をあげてしまった。下肢の間からはしとどに露が噴き出し、ヴィクトルの服もテーブルの上も濡らしてしまう。

ビクビクと震えるチェーリアの腿をしっかりと抱え、ヴィクトルは腰を動かし続ける。肌がぶつかり合うたびに水の弾ける音がガゼボに響いた。

「──ああ、抱かれているときのお前は本当に可愛いな。俺の与える快楽に素直に溺れている姿は、最高に俺を幸福にさせる。この世界でそれができるのはお前だけだ、チェーリア」

多幸感に酔いしれるようにヴィクトルが呼びかける。答える余裕はないが、チェーリアは内心喜びに満ちた。

（この世界で私だけがヴィクトル様を幸せにできる。私だけが──）

それは驕った利己的な独占欲なのかもしれない。けれどその感情こそ、彼に恋をしている証拠だとチェーリアは思う。

「ヴィクトル様……っ、愛しています……！　あ、ぁっ、誰よりも、世界で一番、あなたを愛しています……！」

ヴィクトルに突かれ愉悦に翻弄されながら、チェーリアは必死に想いを紡ぐ。

三年前は傲慢で冷たい彼を憎いとしか思わなかったのに、今はこんなにも愛しいことがなんだかおかしい。そして愛にまで至ったふたりの軌跡が、とても眩しく思えた。

息を乱し目を潤ませながら想いを伝えるチェーリアを、ヴィクトルは口角を上げ射貫くほどまっすぐに見つめる。

「そうだ、それでいい。お前が愛していいのは俺だけだ。もっともっと俺を好きになれ、昼も夜も他のことなど考えられないほど——俺のお前への愛と同じくらいに」

最後の言葉は、吐息交じりに掠《かす》れてよく聞こえなかった。

口づけをしようと顔を寄せた彼の双眸に、自分だけが映っているのをチェーリアは見た。

緑色の瞳がこんなに愛しさを籠めた眼差しを向けてくるようになったのはいつからだろうか。

愛の言葉がないからと、彼に愛されていないのではないかと胸を焦がしたことも今では滑稽だ。焼けるように熱い眼差しも、髪に触れる優しい手も、チェーリアただひとりを求める情熱も、他の誰にも見せない多幸感に満ちた表情も、言葉よりずっと雄弁に彼の気持ちを伝えていたというのに。

（……可愛いお方）

チェーリアも初恋ゆえに戸惑うことが多かったが、ヴィクトルはきっとそれ以上だ。傲慢で自信家だからこそ、初めて知った愛に翻弄される自分に戸惑っている。この大陸で誰より威厳ある彼が「愛してる」の言葉さえ器用に紡げない純真さを持っていることを、チ

エーリアだけが知っている。

(愛しい、私の……私だけのヴィクトル様……)

快楽に溺れ朦朧とした頭でそんなことを思っていると、優しい口づけが落とされた。

柔らかに唇を食み、深く重ね合わせる。

チェーリアは無意識にヴィクトルの背を夢中で抱きしめていた。彼に触れ、繋がっている場所すべてが熱く痺れる。熱を分け合いお互いが溶け合うような感覚は、泣きたいほどの幸福と切なさで胸を満たした。

激しい快感の嵐にチェーリアが意識を手放し、ヴィクトルが精を吐き出した頃、夏の日は西に傾き始めていた。

遠くの空が、鮮やかな橙《だいだい》色に染まり始める。

庭に咲き乱れる薔薇の香りとマンデルのはしゃぐ声を運んできた風は少しだけ冷たく、チェーリアは頬を撫でていった心地よい涼しさに目を覚ました。すると。

「……愛してる。俺のチェーリア」

囁くような呟きが、耳を掠めた。

瞼を閉じたまましばらく動かなかったせいか、ヴィクトルはチェーリアが眠っていると思っているようだ。髪をひと房手に取り、そこに恭しげに口づけする。

チェーリアは瞼を開こうかと迷って、結局しばらくそのままでいた。そして彼が唇に何度かキスを落としてから衣服を整えだしたのを感じて、そっと体を起こす。

「もう夕暮れですね」

「ああ。寒くないか？」

ヴィクトルはチェーリアが目覚めたことに気づくと彼女の体を綺麗にし、乱れたドレスを直してくれた。

「大丈夫です。ヴィクトル様がいてくださるなら、ちっとも寒くありません」

微笑みかけたチェーリアに、ヴィクトルも素直に目を細める。

茜色に染まりかけた空を眺め、いつの日にかひとりで泣いた夕暮れをチェーリアは思い出す。そして頬を撫でてきたヴィクトルの手に自分の手を重ね、もう失わないぬくもりがここにあることに胸を静かに震わせた。

＊　＊　＊

――翌年、ゲナウ帝国は待望の皇太子が誕生し、それから七年に亘って計四人の皇子皇女を儲《もう》ける。

公正と威厳の象徴であるヴィクトル皇帝と、大陸一の典雅な淑女と謳われた皇后は、長年に亘り国民の熱い支持を集めた。時に災難に襲われることもあったが皇帝皇后は手を取り合い乗り越え、その気高い夫婦愛を人々は崇め称えた。

帝国歴一九一〇年——今際《いまわ》の際、皇后はベッド脇で手を握る皇帝に微笑んで告げたという。

「生意気な小娘は大陸一の淑女になりました。お約束は果たしましたよ」と——。

終

あとがき

こんにちは、桃城猫緒です。このたびは『いじわる皇帝陛下の可愛がり花嫁教育』をお手に取ってくださり、どうもありがとうございます！

今回はいわゆる〝喧嘩ップル〟なヒーローとヒロインの物語を描きました。私の作品では結構珍しかったりします。しかも喧嘩ップルだけど溺愛、ツンデレだけど大人で余裕のあるヒーローという感じにあれこれミックスをした結果、いつもとは違う感じのヒーローとイチャイチャが描けて、とても楽しかったです。読んでくださった皆様にも、楽しんでいただけたら嬉しいなと思います。

しかし今回は素直になれない鼻っ柱の強い登場人物が多かったですね笑。ヴィクトルもそうだしチェーリアもそうですが、兄のレオポルドもかなりのものだと思います。

レオポルドお兄ちゃんは、心が優しいからこそ責任感が強くてひとりでなんでも抱え込んでしまって、しかも口下手な性格なんだろうなーと思います。でも強烈なチーズを妹に贈るような悪戯っ子な一面もあったりして。なかなか桃城の好きなタイプのキャラなので、機会があったら彼の物語も描いてみたいですね。

今回表紙と挿絵を担当してくださったのは、天路ゆうつづ様です。天路ゆうつづ様には以前ヴァニラ文庫うふ（電子書籍）の表紙でお世話になったことがあるのですが、今回も華麗なイラストを描いていただけて感謝感激です！　どうもありがとうございました！

また、いつもお世話になっている担当様はじめ、この作品に携わってくださったすべての方々に、この場をお借りしてお礼申し上げたいと思います。ありがとうございます！

そして、いつも応援してくださる方々と、この本を手に取ってくださったすべての方へ。どうもありがとうございました！

よろしければ今後とも、桃城の描く物語にお付き合いいただければ幸いです。